Home
'eagle

回家之路

彼得・畢格 著 ◆ 王儀筠 譯

《回家之路》媒體好評

「書中溫柔的奇幻故事具備出色世界觀設定，讀來令人暖心、充滿勇氣，絕對是一大享受。」——《出版者週刊》（*Publishers Weekly*）星級評論

「本書一前一後互有關聯的精彩故事，不禁讓人憶起《最後的獨角獸》的迷人魅力，也將該作品的神奇魔力盡情揮灑在更廣闊的世界之中。極力推薦給無數熱愛畢格經典著作的各位讀者。」——《圖書館雜誌》（*Library Journal*）

「主角蘇茲一心渴望完成非做不可的使命，這股決心卻處處隱藏著黑暗面，而畢格巧妙拿捏了其中的平衡。」——《書單》（*Booklist*）雜誌

「〈蘇茲〉文筆出奇優美、情感豐沛，不只勾勒出美麗卻荒涼的夢人世界，更訴說那裡所發生的既神奇又可怕的種種一切。」——《美國大眾文化雜誌》（*Paste Magazine*）

【導讀】 願你的道路充滿陽光

鐘穎

（本文涉及部分故事內容）

《回家之路》是一本討論舊英雄老去，新英雄誕生的勇氣之書。之所以說勇氣，是因為時間雖然會擊敗每個英雄，但英雄不會只坐在院子前緬懷過去，他們總是迎向前方那等待著自己的命運。

帶著前人的祝福，年輕的英雄也將踏上屬於自己的冒險。〈雙心〉與〈蘇茲〉因此前後連接，成為一部承先啟後的奇幻作品。

雙心的隱喻：老年國王與年輕女孩的世代傳承

讓我們先談談〈雙心〉，雙心一詞指的雖然是獅鷲獸的兩顆心，但同樣暗喻著里爾國王與女孩蘇茲的心，在這篇英雄屠獸的前導故事中，曾經戰無不勝的里爾國王將用自己的死亡來把自己的勇氣與執著傳承下去，讓這位九歲的小女孩蘇茲，能在未來譜寫屬於自己的傳奇。

老人與少女的相遇，也是西方傳說中屢次出現的母題（motif），那是榮格幻境中的先知以利亞與女孩莎樂美，是早期的教會人物術士西門與妓女海倫，也是聖杯傳說中的昆德麗與克林索爾。

他們一方面象徵理智與情慾，一方面又象徵著老與少、男與女，其世代傳承的目的是為了延續完整生命的任務。這也是為什麼那隻永遠不死的獨角獸，里爾國王年輕時的愛人，會選擇用她的魔法復活蘇茲的狗狗，而不是里爾國王的緣故。

老去的終要消逝，我相信讀者不難看出，當里爾國王決定親自討伐獅鷲獸的時候，他已做好了人生最後一次的出征準備。從此點而言，這也可以說是作者彼得．畢格的自況，所有偉大的藝術家，對待自己的作品都會全力以赴，彷彿那是自己最後一場戰役那樣。

這位九歲的小女孩因此得到了一份特別的禮物，那是莫麗送給她的預言，十七歲那天，「妳必須出門，離開村子，而且要獨自一人離開，走到某個安靜的地方，還是對妳來說很特別的地方……」

是的，十七歲，我們青春正盛的年紀，每個人都會在這樣的年紀去追尋我們童年時對自己無心立下的誓言。

蘇茲的旅程：女性自我追尋的四個階段

〈蘇茲〉這篇女性故事就以此為開端。

彼得．畢格在創作〈蘇茲〉這篇故事時，採用了大量的隱喻來描寫如夢一般的追尋過程。

第一階段是啟程，蘇茲發現了真相，種下了離家的願望。無論目標為何，我們也都會受到它的指引，認為救贖在遙遠的、不可觸及的他方。

夢人與他們的國度象徵著追夢路上所遇見的一切。很有意思的是，書裡又把他們稱為「善心人」，一個絕大的諷刺。在目標的追尋過程中，所有看似對我們的好建議都以「善心」為名，在這個過程裡，我們所遇見的人事物也都如夢一般既具體又朦朧。

這些「善心人」叫我們放棄，告訴我們不可能，甚至目標（也就是蘇茲的姊姊潔妮亞）本身也這麼對蘇茲說。她召喚了我們，又拋棄我們，叫我們回家，告訴我們並不屬於這裡。

從我們下定決心的那一刻，我們就進入了這個國度。對某些人來說，那是童年的結束，對另外的人來說，那是上大學離家的年紀。從那時起，我們的人生開始加速，慌亂而又不真實。

唯一真實的，是父親留給蘇茲的那把小刀。故事再現了童話的重要元素：信物。當她無法確知方向時，她就將小刀往前拋，依照刀尖指出的方向前進。換言之，我們總是帶著父母曾經的教導而行動。這是自我追尋的第一階段。

標誌著第一階段結束的是創傷，四個夢人性侵了蘇茲，那象徵著現實對我們的無情打擊。蘇茲只能在黑暗中放聲尖叫，但很快就閉上了嘴，因為她害怕他們又回頭找上自己。羞恥成為祕密，祕密形成創傷，而這正是石頭人黛胡恩出現的重要原因。她就是蘇茲的羞愧與創傷所形成的陰影。

當蘇茲猛力地拿著小刀刺向黛胡恩時，她所做的正是意圖殺死她所厭棄的自我。所以黛胡恩才是個不會流血、被族人拋棄，並且一心想要尋訪死神的「石頭」。然而卻是這位一心尋死的黑色姊妹，一個女人內在的黑暗女人，竟然成為了一路照料蘇茲，取代了家人信物的夥伴。

這是蘇茲自我追尋之路的第二階段。

夥伴本來就是所有女性故事的重要內容，與男性故事的夥伴不同，女性故事的夥伴往往是不求回報，基於女性情誼而彼此幫忙的神祕友人。而彼得．畢格則進一步暗示，這位夥伴並不是真人，而是女人內心的自毀衝動。

從一個天真懵懂的少女，變成一位懂得自我保護的女人。神話《狄米特尋女》也用了相同的隱喻，受冥王黑帝斯俘虜的少女神波瑟芬妮，在不情願的狀態下成為了冥后，結束了她永恆的天真狀態。

但我們終究不是波瑟芬妮，沒有地母神狄米特在神話中鍥而不捨的保護和對天神的鬥爭，我們唯一能仰賴的，是創傷帶來的深刻，是受到欺騙後長出來的心眼兒，是對現實世界充滿狡詐與暴力的洞察。

當蘇茲猛力將小刀扎向她內在的黑暗女人時，得到的竟然只是關懷和平靜的注視。換言之，女性所厭棄的陰性本質，竟然是能無條件接住我們的神聖姊妹嗎？

蘇茲接受了黛胡恩的救助，也接受了黛胡恩的任務：尋找死神。換言之，蘇茲接受了自己的自毀衝動，她的無意識面向，也接受了它所帶來的資源及它對現實的理解力。因此讀者才會看見，故事裡負責尋找食物的總是黛胡恩。

在黛胡恩不懈的支持下，蘇茲終於找到了姊姊潔妮亞，這是自我追尋的第三階段。潔妮亞是被夢人國王應允永生的女孩，蘇茲勸服她返家的努力象徵著女性與她理想化的目標之間，總是存在著大量的不一致。目標有可能拒絕我們，不管那是建立家庭、獲取學位、還是職場上的自我實現。女性的個體化任務跟男性的一樣艱辛，同樣卡在「意義」與「穩定」之間來回踱步，在夢境與現實之間猶豫不決。

這是個體化（individuation）路上的艱難時刻，榮格心理學用這個術語來稱呼我們每個人的一生，它是一趟逐步走向完整的旅程。

第四階段是歸返，我們帶著目標返家，但那漫長又充滿不確定。直到來到邊界前，潔妮亞仍舊無法下定決心。即便下定了決心，返還依舊需要魔法。什麼魔法？童年的回憶。

一如蘇茲是帶著小刀信物啟程的那樣，歸返也必須說出代表信物的暗語，也就是那首父親所唱的兒歌：「繞著橡樹，搖擺三圈……」。我們在此處再次見到了父親對女兒的重大影響力。女人的潛意識或許一生中都受到父親意象的吸引，這個意象催促著我們動身，也是這個意象，確保著我們返還。

當蘇茲跨越了邊界，見到了兒時熟悉的家園時，石頭人黛胡恩也就死去了。她的黑色姊妹，她曾經感到厭棄的陰性本質終於與她的死神目標相遇。但這場相遇卻是美好的。

死神雖然帶走了她，但他們卻像朋友般作伴，她的微笑裡有著對蘇茲祝福：「願妳的道路充滿陽光！」

結語：妳受的傷讓妳變得如此美麗

蘇茲的故事到此告一段落，但讀者們的故事才剛要開始。從英勇的老國王到未諳世事的少女，從死到生，從過去到未來。一篇好的故事總是週而復始，一篇好的故事總是推陳出新，一篇好的故事同時具有兩者。

里爾國王受過傷，他的傷是失去所愛、是孤獨終老（他的事蹟請參見《最後的獨角獸》），少女蘇茲同樣如此，她被夢人侵害，在追尋之路痛苦前行。但他們都是幸福的，幸福不是沒有痛苦，幸福是痛苦轉化成珍珠，是受害者的腳本轉變為英雄的故事。

意義最終會拯救每個勇敢的人。妳受的傷讓妳變得如此美麗！

是的，正如書中所說「時間遲早會張開爪子，抓住我們所有人。」但也因為如此，我們更要鼓起勇氣，走向那個把我們帶離日常世界的國度，迎向那場讓我們偉大的冒險。

諸位讀者朋友，「願你的道路充滿陽光！」

鐘穎：諮商心理師／愛智者書窩版主

雙心

威爾弗哥哥老是說，這一切竟然都發生在我身上，真不公平。因為我是女生，還那麼小，更蠢到不會自己穿好綁帶鞋。但是**我**覺得很公平。我覺得自己遇到的這一切本來就該發生，只除了那些讓人難過的事，不過或許那些事也是注定會發生的。

我叫蘇茲，今年九歲，下個月要滿十歲了，生日正好和獅鷲獸當年出現的日子是同一天。威爾弗說，獅鷲獸會來都是我的錯，因為牠聽到世界上最醜的寶寶出生了，於是要來吃掉我。可是我**太**醜了，就連獅鷲獸也提不起勁吃掉我。結果，牠就這樣棲息在「午林」（我們都是這麼叫那片森林，不過正式名稱是「午夜森林」，因為樹下總是黑壓壓一片），還留下來吃我們養的綿羊和山羊。獅鷲獸只要中意某個地方，就會待著不走。

但是，牠本來是不吃小孩的，今年卻不一樣了。

我只看過那隻獅鷲獸一次——我是指在**這一切發生之前**。有天晚上，牠飛到樹林上空，看起來就像第二個月亮，只不過那時月亮並沒有露臉。全世界彷彿只剩下那隻獅鷲獸，獅子的身體加上老鷹的翅膀，全身上下的金色羽毛閃閃發光，巨大的前爪像獠牙般鋒利，駭人的鳥嘴在牠頭上更是大得嚇人……威爾弗說我尖叫了整整三天，但是他騙人，而且我也沒有像他說的那樣，躲在半地窖裡。我那兩天晚上都睡在羊舍，和我們家的狗瑪爾卡待在一起，因為我很清楚，瑪爾卡絕對不會讓任何東西把我抓走。

我當然知道爸媽也不會讓我被抓走，前提是他們有辦法擋下那隻獅鷲獸。不過，瑪爾卡是村子裡最大隻也最凶的狗，天不怕地不怕。獅鷲獸抓走鐵匠家的小女孩潔安後，任誰都能一眼看出爸爸有多害怕。他還跟其他男人在村裡四處奔走，想召集大家組成臨時的巡邏隊，這麼一來，獅鷲獸出現的時候，一定會有人發現。我知道他很擔心我和媽媽的安危，想盡力保護好我們，可是這並沒有讓我覺得更安全，跟著瑪爾卡反而讓我更安心。

但是到頭來，大家都不曉得該怎麼辦。爸爸不知道，其他村民也沒有半點頭緒。獅鷲獸光是抓走綿羊就夠糟了，因為這裡幾乎每個人都是靠賣羊毛、乳酪或羊皮等東西來維生。不過今年春天才剛到，牠就抓走潔安，使一切都變了樣。我們派人去向國王求救，總共三次，國王也每次都派人跟著他們回來。第一次是一名騎士，就只有他一個人。他叫多羅斯，還送了一顆蘋果給我。他一邊唱歌，一邊騎馬進到午林，去找那隻獅鷲獸。我們之後再也沒見過他。

第二次是在獅鷲獸抓走為磨坊主工作的男孩羅里之後，這次有五名騎士前來。其中確實有一個人活著回來，可是他還來不及開口告訴大家發生什麼事，就斷氣了。

第三次來的是一整支騎兵大隊，反正爸爸是這麼告訴我的。我不知道騎兵大隊總共有多少士兵，總之很多就是了。那兩天，村子裡到處都看得到這些士兵，到哪都可以看到他們的帳篷，每間羊舍也都拴著他們騎來的馬。他們還在酒館裡吹噓，說很快就會替我們這些可憐的鄉巴佬解決那頭獅鷲獸。他們踏著整齊的步伐，朝「午林」進軍的時候，樂師還跟在一旁伴奏——這些我都記得，我也記得音樂停下來後，接著聽到的那些聲音。

從那之後，村裡的人就決定別再去找國王了。我們不想再讓他的更多手下死掉，更何況他們根本沒幫上半點忙。於是從那時起，只要太陽一下山，獅鷲獸睡醒，要開始狩獵的時候，所有的小孩都會被趕進屋內。因為害怕獅鷲獸，我們沒辦法一起玩耍，也不能幫爸媽跑腿或照看羊群，甚至不能在打開的窗戶附近睡覺。我什麼也不能做，只能讀那些早就倒背如流的書，不然就是跟爸媽抱怨。不過，他們忙著確保威爾弗和我的安全，累到懶得理我們。爸媽也會和其他家庭輪流站崗，守護自家以外的小孩，還有我們家的綿羊以及山羊，所以兩人總是累得半死，也老是一臉擔心害怕。到後來，我們幾乎時時刻刻都在生彼此的氣，村裡的每個人也都是如此。

不久後，獅鷲獸就抓走了費莉西塔。

費莉西塔不會講話，但她是我最好的朋友，我們從小一起玩到大。我總是知道她想表達什麼，她也是最瞭解我的人。我們玩耍的方式很特別，以後我也不會再像那樣跟別人一起玩了。費莉西塔的家人覺得給她飯吃是在浪費食物，因為沒有男生想娶個啞巴女孩，所以他們平常幾乎都是讓她來我們家吃飯。

費莉西塔唯一發得出的聲音，是很小聲的嘎嘎叫，威爾弗以前會為此取笑她，但是我拿石頭丟威爾弗之後，他就再也不敢這麼做了。

我沒看到費莉西塔被抓走的過程，卻還是想像得到。費莉西塔很清楚晚上不能外出，但是晚上來我們家吃飯是她每天最期待的事，她家裡也不會有人注意到她偷偷溜出門。他們從來沒有正眼看過她。

我知道費莉西塔不見之後，當天就自己一個人出發去找國王。

好啦，其實是當天**晚上**，因為要在大白天從我家或村子裡偷偷溜出去根本沒機會。

我原本不太清楚到底該怎麼做，但剛好知道安伯斯叔叔隔天打算把一整車羊皮運到巫門鎮的市集，而且他要是不在太陽升起之前早早出發，就會趕不上市集。安伯斯叔叔是對我最好的叔叔了，但就算這樣，我也知道不能拜託他帶我去見國王，因為他只會直接去找我媽媽，叫她餵我吃加了硫的糖蜜[1]，再幫我敷上芥末膏藥，然後送我上床睡覺。他連自己養的馬也照餵不誤。

於是，我那晚早早就上床，等到所有人都睡著了才行動。我原本想在枕頭上留張字條，卻怎麼寫都不滿意，一直反反覆覆寫了就撕，撕完就丟進壁爐。我一直很怕家裡有誰突然醒來，或是安伯斯叔叔出發的時候我沒趕上，所以最後我只寫了一句：我很快就會回家。我沒有帶什麼衣服或行李，只拿了點乳酪，因為我覺得國王一定就住在巫門鎮附近，而那裡可是我唯一知道的大城鎮。爸爸和媽媽正在他們的臥室裡打呼，不過威爾弗又直接睡死在爐邊了。只要他在那裡睡著，爸媽一定都放著不管，因為要是把他搖醒，叫他回床上睡，他鐵定會又哭又鬧。我從來就搞不懂他為什麼會這樣。

1　一種西方傳統的自製祕方，據說服用一匙硫化物混合兩匙糖蜜的配方可以保持身體健康。

我站在威爾弗旁邊，低頭看他，是我這輩子看得最久的一次。威爾弗睡著的時候，看起來幾乎一點也不凶。媽媽已經事先堆好一大疊煤塊，明天才能在壁爐裡生火烤麵包，爸爸則把他厚厚的緊身羊毛長褲晾在爐邊烘乾，因為他下午為了救一隻小羊，不得不踏進牧場的那座水池。我把那些羊毛褲稍微移開，免得它們一不小心就著火了。接著，我替時鐘上發條。這本來是威爾弗每晚該做的工作，他卻老是忘記。我想到他們早上會一邊聽著時鐘滴答響，一邊到處找我，擔心得吃不下早餐，於是轉身往我的房間走回去。

結果我下一刻又轉過身來，從廚房的窗戶爬了出去，因為走前門的話，門一開就會發出嘎吱聲。我很怕睡在羊舍的瑪爾卡可能會醒來，然後馬上就知道我在打什麼鬼主意，因為我絕對騙不過牠，也只有牠不會被我騙倒。所以，我接下來幾乎是一路屏住呼吸，跑向安伯斯叔叔的家，然後直接手忙腳亂地爬上堆滿羊皮的馬車。那是個寒冷的夜晚，但是窩在一大堆羊皮裡，不只悶熱，還聞得到羊騷味。我無事可做，只能乖乖躺著，等安伯斯叔叔出發。為了不要去想離開家裡和村子有多難過，我大部分的時間都在想費莉西塔。不過這樣就夠難受了，因為我從來沒有真的**失去**任何很親的人，至少不是永遠失去。總之，這兩件事感覺就是不一樣。

我不知道安伯斯叔叔最後到底是什麼時候來的，因為我不小心在馬車上打起了瞌睡。等到車身開始左搖右晃、喀喀作響，馬兒也不爽被叫醒幹活，沒什麼幹勁地「哼」了一聲，我才被吵醒。於是，我們出發前往巫門鎮了。月亮雖然早早就開始下山，我還是可以在顛簸的馬車上看到村子，只不過在月光下，村子看起來不是銀色，反而又小又暗，沒有半點色彩。就算只是這樣，我也快哭出來了，雖然馬車根本還沒經過牧場的那座水池，但我已經覺得離村子好遠，好像再也不會看到它了。要不是我很清楚一離開那堆羊皮會碰上什麼麻煩，八成早就下車回村子去了。

原因當然就是獅鷲獸還在天上到處狩獵。我躺在羊皮堆下，而且眼睛還閉著，當然看不到牠，但是獅鷲獸翅膀一揮，就發出一大堆刀子同時在磨的聲音。而且牠口中發出的叫聲也很可怕，因為聽起來實在太輕柔了，甚至可以說有點悲傷和害怕，就好像獅鷲獸正在模仿賽莉西塔被牠抓走時可能曾發出的聲音。我盡可能把自己深深埋進羊皮堆裡，想要像先前那樣再次睡著，卻辦不到。

這樣也好，我可不想搭著馬車，一路直接進到巫門鎮，因為等安伯斯叔叔在市集停下來卸羊皮的時候，我一定會被他逮個正著。所以，一發現聽不到獅鷲獸的叫聲（牠們只要能在巢穴附近找到獵物，就不會飛離巢穴太遠），我立刻把頭探出來，靠在馬車後頭的尾板上，看著星星在漸漸變亮的天空中一個接一個消失。隨著月亮下山，黎明也帶來了一陣微風。

馬車不再劇烈搖晃後，我知道我們一定是來到國王大道了。等我聽見牛在嚼草或是對彼此小聲哞哞叫時，立刻爬下車。我站在原地一會兒，拍掉身上的毛絮和羊毛屑，看著安伯斯叔叔駕著馬車離我遠去。我從來沒有一個人離家這麼遠過，或是這麼孤單過。微風輕輕吹拂，腳邊的乾草不斷搔著我的腳踝。我根本不曉得該往哪裡走。

我連國王叫什麼也不知道，因為大家向來就只叫他**國王**，沒用過其他稱呼。我只知道他不住在巫門鎮，而是住在附近某個地方的大城堡，問題是這個所謂的附近，到底是指坐馬車還是走路，可是會差很多。我一直想到家裡的人醒來後會拚命找我，牛群吃草的咂咂聲也害我覺得好餓，不過我在馬車上早就把乳酪吃光光了。真希望身上有一枚硬幣，但不是要拿來買東西吃，而是可以拿來拋一下，讓它決定我到底是該往左走，還是往右走。我試著拋了幾顆扁平的小石頭，卻發現石頭落地後根本找不著。

最後，我決定往左邊走，也沒什麼特別的理由，只不過我左手剛好戴著媽媽送我的小小銀手環，加上那個方向也有一條看起來算是路的小徑。我想說也許可以先在巫門鎮附近晃晃，再思考接下來該怎麼辦。反正我很會走路，只要時間夠的話，走到哪裡都沒問題。

話是這麼說啦，但走在真正的路上確實更輕鬆。我才走沒多久，那條小徑就消失了，我得努力擠過茂密生長的樹林，才能繼續前進。除了這些樹以外，接下來還要穿過一大堆長著刺的藤蔓，搞得我頭髮全是小小的刺，兩隻手臂也被扎得很痛，都流血了。我覺得好累，還不停流汗，差點快哭了，我說的是**差點**喔。而且每次坐下來休息，各種蟲子便老是往我身上爬。然後，我聽到附近有流水聲，立刻覺得口很渴，於是拚命想找出水聲是從哪裡傳來。這一路我幾乎都得在地上爬，膝蓋和手肘時不時就刮過痛得要命的東西。

結果，那根本算不上是一條小溪，有些地方還淺得幾乎淹不過我的腳踝。不過光是能找到水，我就很開心了，簡直是對那些水又抱又親，直接整個人趴下去，把臉埋進水裡，就像我把頭埋在瑪爾卡身上，聞那臭臭的狗毛一樣。我一直喝到再也喝不下才站起來，坐到石頭上，讓小魚輕輕搔著我慢慢變涼的腳，感受溫暖的陽光照在我肩膀上。這時候，我沒想到獅鷲獸、國王或是家人，什麼都沒在想。

等我聽到從稍微上游一點的地方傳來了馬的嘶鳴聲，才抬頭朝那裡看過去。那些馬玩水的方式和普通馬兒沒兩樣，像小孩子一樣對著水吹泡泡。牠們看起來都是一般馬廄常見的那種馬，一隻是棕色，另一隻是灰色。原本騎著灰馬的人已經下馬，正在仔細檢查馬兒的左前蹄。我看不太清楚他們，因為兩個人都披著暗綠色的斗篷，以及破舊到看不出顏色的緊身羊毛長褲，所以直到其中一個人出聲之前，我都不曉得對方是女人。她的聲音很好聽，有點偏低，就像柔滑瓊安一樣，媽媽從來不肯讓我問關於這位女士的事。不過，那個女人的聲音聽起來也有點粗，要是她想的話，說不定能像鷹那樣嚎叫。她正開口說：「我沒看到半顆石頭啊，也許是有刺？」

另一個人回答說：「或是哪裡擦傷了。我來看看吧。」

這個人的聲音聽起來比那個女人的說話聲更輕柔、更年輕，但我早就看出這個人是男人，因為他長得好高。他從棕馬下來，女人往旁邊移動，讓他可以抬起馬蹄檢查。但是他在檢查之前，先用雙手捧起灰馬的頭，對牠說了一些我聽不太清楚的話。**灰馬**

也說了些什麼回答他。我說的不是馬兒平常會發出的那種大聲嘶吼或小聲嘶鳴，或是任何一種馬叫聲，而是像人和人在聊天時會發出的說話聲。我想不出什麼更好的形容了。接著，那名高個子男人彎下腰，穩穩抓著灰馬的腳，仔細檢查了好久。在這段期間，灰馬不只動也沒動，尾巴連搖也沒搖。

「是石頭的小碎片。」不久後，男人這麼說，「碎片非常小，卻還是深深嵌進了馬蹄裡，傷口看起來也快潰爛了。我想不通自己怎麼沒有立刻注意到這件事。」

「哎呀，」女人邊說邊輕輕碰了碰男人的肩膀，「你沒辦法什麼事都注意到啊。」

高個子男人看起來很生自己的氣，和爸爸那時候一模一樣。爸爸有次忘了關好牧場的柵門，結果讓鄰居那頭黑色公羊溜了進去，跟我們養的可憐老羊「硫磺」打了一架。男人說：「我有辦法。我本來就該做得到啊。」他說完便轉身背對灰馬，像我們村裡的鐵匠工作時那樣，彎腰抬起那隻受傷的馬蹄，開始處理問題。

老實說，我看不太懂他到底在做什麼，因為他不像鐵匠，手上沒有拿任何清理馬蹄的刷子或鉤子。唯一能確定的是，我覺得他是在對那匹馬唱歌，只不過不確定那到底算不算。與其說是唱歌，男人發出的聲音聽起來更像是亂編的兒歌，那種小小孩自己一個人在玩泥巴的時候，會亂哼給自己聽的咿咿呀呀。不過他的歌沒有旋律，只是不斷重複兩個高低音：**滴答、滴答、滴……**。就算是馬兒也會覺得很無聊吧。男人持續發出滴答聲好長一段時間，同時彎腰抬著那隻馬蹄。然後，他突然不再哼唱，站直了身體，手中拿著某個像溪水一樣在陽光下閃閃發亮的東西。他立刻把那個東西拿給灰馬看。「好了，」他說：「看吧，就是它。你現在已經沒事了。」

男人扔掉那個東西後，又抬起馬蹄，但這次沒有唱歌，只是用一根手指非常輕柔地碰觸馬蹄，一次又一次輕輕拂過表面。接著他把馬蹄放回地上，灰馬用力一踩，小聲嘶鳴了一下。高個子男人看到馬兒的反應，轉頭對女人說：「看來我們今晚還是應該在這裡紮營，反正兩匹馬都累了，我的背也很疼。」

女人笑了出來，聲音低沉溫和，非常悅耳。我從來沒聽過這種笑聲。

她說：「世上最厲害的巫師行遍天下，居然抱怨說背很疼？想辦法自己治好不就行了，就像那次樹倒在我身上，你治好我的背一樣。我想那頂多只花了你五分鐘吧。」

「比五分鐘還久。」男人反駁說，「妳當時神智不清，怎麼會記得花了多久。」

他說完，輕輕摸了摸女人的頭髮：雖然幾乎都灰白了，看起來還是既濃密又漂亮。「妳也知道我對這件事的看法。」他說：「我依然很喜歡作為凡人的感覺，喜歡到捨不得在自己身上使用魔法。不知為何，總覺得用了魔法，我就會失去這種感覺。我之前也跟妳說過這件事了啊。」

女人聽到後發出了「嗯哼」的聲音，和媽媽每次表示不同意的時候一樣，她可是嗯哼過幾千遍了。「這個嘛，我這輩子可都是凡人啊，有時候……」

女人沒有把話說完，因為高個子男人正在微笑，看得出來顯然是想捉弄她。「有時候會怎樣？」

「沒什麼，」女人說：「什麼也沒有。」她的語氣有一瞬間聽起來很煩躁，但是她接著把手搭在男人的手臂上，換了個語氣說：「有時候，應該說有幾個清晨，當我聞到風中飄來自己永遠不會看到的花的香氣，看到小鹿正在霧濛濛的果園裡玩耍，而你一邊打哈欠，一邊喃喃自語，同時搔著頭，低聲抱怨說天黑前會下雨，說不定還會下冰雹……每次碰上這樣的早晨，我都全心全意希望我們可以一起活到天荒地老，所以才覺得你放棄永生根本是個大傻瓜。」她又笑了出來，不過這次聲音聽起來有點在發抖。她繼續說：「然後，我想起那些我寧可不要想起的事，於是開始反胃，其他各式各樣的東西也開始**刺痛**了我，別管那些是什麼，或到底痛在哪裡，管它是身體、腦袋或心臟，是哪個都無所謂。這時我就會覺得：**不，我不該這麼想，也許無法永生才好。**」高個子男人環抱住女人，於是她將頭靠在他胸膛上一會兒。女人之後又說了點什麼，但是我都聽不到了。

接著，我明明覺得自己沒發出半點聲音，那個男人沒看向我，也沒抬起頭，只是稍微提高音量說：「孩子，我們這裡有食物。」一開始，我怕得要命，根本動不了。他**不可能**看穿所有那些灌木叢和赤楊樹發現我。可是我隨即想起自己有多餓，還沒反應過來，就已經開始朝他們走過去了。我還真的低下頭，看著自己的雙腳像別人的腳似的，一步步往前走，好像真正餓到不行的其實是那兩隻腳，只不過它們得要由我率領，才能抵達有食物的地方。男人和女人都一動也不動地站著，等我走過去。

更靠近他們之後，女人的外表看上去比她的聲音還要年輕，反倒是高個子男人看起來比較老。不，這麼說不對，我不是這個意思。女人一點都不年輕，但是那頭灰髮讓她的臉看起來更年輕。她站得直挺挺的，很像來我們村裡幫忙接生的那位女士，不過她老是板著一張臉，所以我不太喜歡她。我覺得眼前這個女人的臉蛋應該不算漂亮，不過是那種在寒夜會讓人想依偎的一張臉。要我盡力形容的話，就是這樣了。

至於那個男人……他上一刻看起來比我爸爸還年輕，下一刻卻比所有我看過的人都還要老，搞不好比一般人能活到的歲數還更老。他頭上沒有半根灰髮，臉上倒是有不少皺紋，但這些都不是我想說的重點。重要的是他的眼睛。他的雙眼非常綠，綠到不行，不是青草那種綠，也不是綠寶石那種綠，因為我看過綠寶石，是一個吉普賽女人拿給我看的。那種綠色也不像是青蘋果、萊姆或任何類似的食物。也許是像大海的顏色吧，只不過我從來沒看過大海，所以也不知道到底像不像。要是你走進森林（當然不是指午林，而是其他任何森林），走得夠深夠遠的話，遲早一定會走到連樹蔭都是綠色的地方，那個男人的綠眼就是這麼回事。我一開始其實很怕他那對眼睛。

女人給了我一顆桃子，然後看著我餓得忘了向她說聲謝謝，便一口咬下去。她問我：「小妹妹，妳在這裡做什麼啊？迷路了嗎？」

「沒有，我才沒迷路，」我滿嘴塞著食物，講起話來含糊不清，「我只是不知道自己在哪裡，這是兩回事。」兩人聽到都笑了，但不是那種帶有惡意的嘲笑。我對他們說：「我叫蘇茲。我必須去見國王一面，他就住在這附近的某個地方，對不對？」

他們看向彼此。我看不出來他們在想什麼，不過高個子男人挑起眉毛，女人則緩慢地輕輕搖了搖頭。他們彼此對看了很久後，女人才說：「其實呢，他不住在這附近，但也沒有到那麼遠。我們正好要去拜訪他。」

「很好。」我說：「噢，**好極了**。」我試著要用他們那種大人的口吻說話，可是好難啊，因為知道他們可以帶我去找國王，我實在太開心了。我說：「那我就跟你們一起走吧。」

我還沒說出第一個字，女人便表示反對。她對高個子男人說：「不行，我們沒辦法帶她去，我們都還不清楚現在情況到底如何。」她一臉難過，表情卻很堅定。她對我說：「小妹妹，我不是在擔心妳。國王確實是好人，也是我們的老朋友，不過那已經是很久以前的事了。國王會改變的，甚至比起一般人，國王會變得更多。」

「我一定要見他一面。」我說：「你們要走就走。我沒見到國王，絕對不回家。」我把桃子吃完，男人立刻遞給我一大塊魚乾。我大口咬起魚乾的時候，男人對女人微微一笑，輕聲對她說：「在我看來，我和妳都還記得，以前曾經要求說要一起去完成任務。我沒辦法替妳作主，但是我想拜託妳答應這孩子。」

即使這樣，女人還是完全不讓步。「我們很可能會讓她置身險境耶！你不能冒險，這麼做是錯的！」

男人正準備要回話，我卻打斷了他——我平時要是這麼做，媽媽早就從廚房另一頭賞我一巴掌了。我對兩人大喊：「我來的地方就是你們說的險境。有一隻獅鷲獸窩在午林，牠已經吃掉潔安和羅里，還有……還有我的費莉西塔……」然後我**真的**開始哭了，根本不管眼前還有其他人。我就站在原地，哭得全身發抖，手裡的魚乾也掉到地上。我想把魚乾撿起來，可是哭得太厲害了，根本看不清楚魚乾在哪。女人要我別找了，並把她的披肩遞給我，讓我擦眼淚和擤鼻涕。那條披肩很好聞。

「孩子，」高個子男人一直這麼說：「孩子啊，別那麼激動。我們不知道有獅鷲獸這件事。」女人讓我緊靠在她身上，輕輕撫平我哭亂的頭髮，同時還瞪著男人，好像我會那樣嚎啕大哭都是他的錯。女人說：「乖女孩，我們當然會帶妳一起去。好啦，別擔心了，我們會說到做到。獅鷲獸聽起來確實很讓人擔心啊，不過國王會知道該怎麼解決的，他可是都把獅鷲獸當早餐的配菜吃掉呢！每次都把牠們和橘子醬一起塗在吐司上，然後兩三口就吞下去了，不騙妳。」她還說了各種愚蠢好笑的話，但我感覺好過一點了，男人則在一旁繼續拜託我別再哭了。最後，我之所以不哭，是因為他從口袋裡拿出一條很大的紅手帕，把它扭來扭去，打結變成鳥的形狀，再讓手帕鳥飛走。安伯斯叔叔會用硬幣和貝殼玩些把戲，可是再怎麼厲害，也做不到這種地步。

男人叫做史蒙客，我到現在還是覺得這是我這輩子聽過最好笑的名字了。

女人叫莫麗．格魯。因為馬兒的關係，我們沒有立刻出發，而是在原地紮營。我一直在等那個男人，也就是史蒙客，等他用魔法紮營，結果他卻自己動手生火、鋪好毯子、從小溪取水，簡直和普通人沒兩樣。在這段期間，莫麗把馬兒的腳綁好，再帶牠們去吃草。我負責撿木柴。

莫麗告訴我國王名叫里爾，他們兩人是在里爾非常年輕的時候認識他的，那時候他還沒當上國王。「他是貨真價實的英雄，」她說：「他也是屠龍者、巨人殺手，更拯救了無數少女，還解開了許多難解之謎。他可能是有史以來最偉大的英雄了，因為他同時也是個好人，畢竟不是所有英雄都是好人啊。」

「但是妳不想讓我跟他見面，」我說：「為什麼啊？」

莫麗嘆了口氣。這時候，我們正坐在樹下，看著太陽下山，她一邊梳理我的頭髮。

她說：「因為他現在年紀很大了。史蒙客對時間不太有概念，這個故事說來話長，我哪天再告訴妳原因吧。總之，史蒙客不懂的是，里爾有可能不再是以前的那個里爾了。這次可能會是場讓人傷心的重逢。」莫麗開始編起我的頭髮，繞在頭上，這樣才不會礙事。「我打從一開始就對這趟旅程有不祥的預感，蘇茲，但是他就是認為里爾需要我們，所以我們才會出現在這裡。他只要變成那樣，根本就吵不贏他。」

「好太太不應該跟她的丈夫吵架。」我說：「我媽媽都說只要等丈夫出門或睡著，就能做自己想做的事了。」

莫麗聽完大笑，她那渾厚又好笑的聲音，聽起來像某種從身體深處湧出來的咯咯聲。「蘇茲，我雖然認識妳才幾個小時，但是我敢拿自己身上每一分錢來賭，沒錯，還有史蒙客的所有財產——我敢打賭不管妳將來會嫁給誰，一定會在新婚之夜跟對方吵起來。」

「言歸正傳，我和史蒙客並沒有結婚。我們的確是在一起，不過就只有這樣。我們在一起的時間也不算短了。」

「噢。」我說，因為我不認識有誰像莫麗講的那樣，沒結婚卻在一起。「好吧，你們看起來像結婚了，就是有點像。」

莫麗聽完，表情沒有任何變化，卻伸手摟著我的肩膀，緊緊抱了我一下。她小聲在我耳邊說：「就算他是全世界最後一個男人，我也不會嫁給他，因為他都在床上吃野生的小蘿蔔——嘎吱嘎吱嘎吱——整晚都在嘎吱嘎吱嘎吱。」我咯咯笑了起來。高個子男人本來正在溪邊洗平底鍋，這時候卻突然轉頭看我們。夕陽最後一點光芒照在他身上，那對綠眼明亮得像新葉，其中一隻眼睛對我眨了一下，然後我感覺到了，就像在大熱天的時候，再小的微風皮膚都能感覺到。

然後，他又轉回去繼續刷洗鍋子。

「我們要花很久才會到國王住的地方嗎？」我問莫麗，「妳說他沒有住得很遠，我擔心自己不在的時候，獅鷲獸又會吃掉別人，所以我得快點回家才行。」

這時候，莫麗終於編好我的頭髮，並輕輕拉了一下，讓我抬起頭，直直看進她的眼睛。如果說史蒙客的眼睛綠到不行，那莫麗的眼睛就是灰到不行，而且我已經知道根據她心情好壞，這雙眼睛會出現深淺變化。「蘇茲，當妳見到里爾國王的時候，妳認為會發生什麼事？」她沒有回答我的問題，反而這麼問我，「當妳出發來找他的時候，心裡到底打算要做什麼？」

我很驚訝。「這個嘛，我打算說服他跟我一起回村子，因為他之前派來的那些騎士根本沒有幫上半點忙，所以只能請他親自來解決獅鷲獸了。他是國王，這就是他的工作啊。」

「沒錯。」莫麗說，不過聲音小到我差點沒聽到。她輕輕拍了一下我的手臂，接著站起來，走向營火，一個人在營火旁坐下。她裝作是在添加木柴，實際上卻是在想別的事情。

隔天，我們一大早便出發。我一開始坐在莫麗身前，和她共騎她的灰馬，但是沒過多久，史蒙客便把我接過去，換騎他的棕馬，好讓莫麗那匹馬受傷的腳可以多休息。靠在史蒙客身上騎馬，比我原先想像的還要舒服，雖然他有些地方骨瘦如柴，有些部分卻柔軟又有彈性。他話不多，但是一路上唱了不少歌，有時候是用我完全聽不懂的語言，有時候亂編聽起來很蠢的歌，想逗我笑，就像這一首：

小蘇茲啊，小蘇茲啊，

講起話來亂七八糟啊，
打擾我放鬆的時光啊。
小蘇茲啊，小蘇茲啊，
妳願不願意成為啊
我的那個小乖乖蘇茲啊？

他從頭到尾都沒有使用魔法，可能只有一次是例外。當時，有隻烏鴉不停往下朝馬兒衝過來，根本就是故意的，因為附近明明沒有鳥巢。可憐的馬兒被牠逼得又跳又退，左閃右躲，害我差點掉下去。最後，史蒙客坐在馬鞍上轉過頭，**直視**那隻烏鴉，結果下一刻，有隻鷹不知從哪俯衝下來，追著大聲嘎嘎亂叫的烏鴉，把牠趕進那隻鷹飛不進去的有刺灌木叢裡。我想那時候用的就是魔法。

等我們騎上真正的道路後，沿途看到的風景其實都非常有鄉村氣息：樹木、草地、安靜的小溪谷、開滿了我認不出是什麼野花的山坡。誰都看得出來，比起我住的地方，這裡下的雨絕對多很多。幸好綿羊不用像牛一樣，還要特地趕去放牧吃草，牠們都跟著山羊到處跑，而山羊什麼地方都去，綿羊當然也跟著到處吃。我們村裡的人都是這樣放牧的，沒辦法，但是我比較喜歡這塊長滿青草的土地。

史蒙客告訴我，這裡以前並不像現在這樣。「里爾出現之前，這裡曾經是一片貧瘠的沙漠，什麼也沒長，**什麼都沒有喔**，蘇茲。當時謠傳這個國家被詛咒了，從某方面來看，確實沒錯，不過下次再跟妳說說這個故事吧。」大家老是喜歡對小孩子這麼說，我很討厭這點。「可是里爾改變了一切。這塊土地看到他之後，實在太高興了，在里爾成為國王的瞬間，便開始長出各種花草樹木，讓整片大地充滿了活力，而且一直持續到今天。只有可憐的巫門鎮是例外，不過那又是另一個故事了。」史蒙客談到巫門鎮的時候，講起話來變得更慢，聲音也更低沉，彷彿不是在對我說話。

我扭過頭，抬起臉看他。「你覺得里爾國王會跟我回去村子，殺掉那隻獅鷲獸嗎？我覺得莫麗認為他不會，因為他太老了。」我真的說出口以後，才發現原來自己很擔心這件事。

「哎呀，小妹妹，他當然會啊，」史蒙客又對我眨了眨眼，「因為他從來就沒辦法拒絕落難少女的請求。對他來說，任務越困難、越危險越好。要是他沒有第一時間衝去妳的村子幫忙，肯定是因為正忙著進行其他英勇的冒險。我敢拍胸脯保證，妳只要提出請求，同時別忘了好好行屈膝禮，他一定會立刻抓起大劍和長矛，迅速把妳抱起來，放在馬鞍前側，立刻騎馬出發去找那頭獅鷲獸，而且速度快得只能看到他身後揚起的塵土。無論年紀大不大，這向來就是他的作風。」他揉了揉我後腦杓的頭髮。「莫麗擔心過頭了，這就是她的一慣作風。我們每個人就是這麼不一樣。」

「屈膝禮是什麼？」我問他。莫麗後來示範給我看，所以我現在知道了，但是那時候還不知道。史蒙客沒有笑，不過眼裡充滿笑意。接著，他舉手示意，要我把頭轉回去看著前方，他則繼續唱起歌來。

小蘇茲啊，小蘇茲啊，
妳真是讓我驚奇不已，
讓我從頭到腳笑嘻嘻，
小蘇茲啊，小蘇茲啊，
我為妳帶來全新奇聞，

我們下星期二就結婚。

後來，我聽說國王年輕的時候曾住在海邊懸崖上的城堡，那裡離巫門鎮不到一天的路程，但是城堡已經倒了，所以國王之後又在別的地方蓋了一座新城堡。史蒙客不肯告訴我城堡為什麼倒了。我覺得很難過，因為我從來沒看過大海，這一直都是我的願望，可是到現在依然還沒實現。不過我也從來沒看過城堡，所以有城堡總比什麼都沒有好。我往後靠在史蒙客身上，進入夢鄉。

最初幾天，他們騎馬的速度一直都很慢，好讓莫麗那匹馬有時間復原，所以等牠的馬蹄沒問題後，剩下的旅程我們幾乎都是一路奔馳。這兩匹馬明明不像有魔法的馬，看起來也不特別，但是連續跑好幾個小時都不會累，而且每次我幫牠們擦拭和刷毛的時候，幾乎都沒看到牠們出汗。牠們也像人類一樣躺著睡，而不是像一般馬兒那樣站著睡。

即使這樣，我們還是花了整整三天才抵達里爾國王的城堡。莫麗說國王對倒塌的舊城堡有不好的回憶，所以現在這座新城堡才會盡可能蓋在遠離海邊的地方，外觀也和舊城堡大不相同。這座城堡位在山丘上，所以有誰從大馬路過來，國王一眼就能看到。不過，城堡周圍沒有護城河，也沒看到半個穿盔甲的衛兵，城牆上只掛著一面旗幟：底是藍色的，中間有一隻白色獨角獸。就這樣而已。

我很失望。我努力不表現在臉上，但莫麗還是看出來了。「妳原本以為會看到一座堡壘，」她輕聲對我說：「妳以為會有陰森的石塔，有旗子、大砲、騎士，還有號手站在城垛上吹奏。我很抱歉，畢竟這可是妳這輩子見到的第一座城堡啊。」

「不，這是一座**漂亮**的城堡。」我說。它**確實**很漂亮：安穩地立在山頂上，沐浴在陽光下，四周環繞著各種野花。我現在也看到旁邊有市集，還有像我們村子那樣的小屋，緊靠在城牆外，所以住在小屋的人需要避難時，就能立刻進到城牆內。我說：「只要看到城堡，就能看出國王是好人。」

莫麗看著我，頭微微一歪，然後開口說：「他是英雄，蘇茲，不管妳等一下看到什麼、想到什麼，都要記住這點。里爾是一位英雄。」

「嗯，這點我很清楚啊。」我說：「我很確定他會幫我，非常確定。」

但是我其實不確定，因為我一看到這座讓人感到親切的漂亮城堡，就一點把握都沒有了。

我們很輕易就走進城堡了。史蒙客只不過敲了一下城牆的大門，門就開了。他、莫麗和我走過市集，到處都有人在賣各種蔬菜水果、鍋碗瓢盆、衣服褲子等等，和我們村裡的市集一樣。每個攤販都在大喊，叫我們過去看看他們的手推車裡有什麼好貨、買點東西，但是誰也沒有試圖阻止我們進入城堡。城堡的入口是兩扇巨大的門，前面站著兩個男人，他們確實詢問了我們叫什麼，以及為什麼想見里爾國王。史蒙客一對他們說出自己的名字，兩人立刻後退一步，讓我們通過，於是我才開始覺得，他也許真的是一位偉大的魔法師，雖然我到現在只看過他耍些小把戲、亂編幾首歌。那兩個人沒有主動表示要帶史蒙客去找國王，史蒙客也沒開口要求。

莫麗說對了，我**原本**以為城堡裡面會又寒冷又陰森，不只有一堆王后會斜眼瞪著我們，還會有穿著盔甲的高大男人噹啷作響地走過。不過，當我們跟著史蒙客穿過一條條走廊，卻發現到處都有陽光從又高又長的窗戶照射進來，路上碰到的人也大部分都會向我們點頭微笑。我們經過一座螺旋石階，看不到往上通往哪裡，但是我很確定國王一定就住在最上面，史蒙客卻看都沒看一眼。他帶我們直接穿過大廳，那裡的壁爐大到可以烤三隻牛！接著經過好幾間廚房、洗碗間、洗衣房，來到在另一座樓梯下面的房間。那裡暗得要命，要是不清楚自己在找什麼地方，是絕對找不到的。史蒙客沒有敲門，也沒有唸什麼魔咒來開門，只是站在門外等待。沒過多久，門便喀嚓一聲打開，我們三人全走了進去。

國王就在房間裡。只有他一個人在房間裡。

他坐在一張普通的木椅上，而不是寶座。整個房間其實非常小，和我媽媽的紡織間一樣小，也許這就是國王看起來那麼高大的原因。他和史蒙客差不多高，整個人看上去卻比較寬。我原本以為會看到他留著很長的鬍子，一路往下延伸到整個胸口，結果只看到短短的鬍子，像我爸爸一樣，只不過國王的鬍子是白色的。他穿著紅金相間的披風，滿頭白髮上戴著一頂真正的金色王冠，只比我們每年年底給最佳公羊戴的花冠要大一點。他一臉和藹可親，有個看起來很老的大鼻子，以及藍色的大眼睛，看上去就像小男孩。可是他的眼睛感覺好累好沉重，我實在不曉得他怎麼有辦法不閉起來，不過他有時候是會閉上啦。小房間裡沒有其他人。他注視著我們三個人，好像知道自己認識我們，卻不曉得為什麼。他試著要微笑。

史蒙客輕聲說：「陛下，史蒙客和莫麗來了，莫麗．格魯。」國王對他眨了眨眼。「就是養貓的莫麗啊。」這次換莫麗小聲說：「你記得那隻貓啊，里爾。」

「對。」國王說，光是要說出這個字，就花了他好長時間。「那隻貓，對，當然了。」但是他之後再也沒開口。我們就站在那裡一直等，國王則繼續對某個我看不到的東西微笑。

史蒙客對莫麗說：「**她**也曾經像這樣忘了自己是誰。」他的聲音改變了，變得像他之前談到這塊土地以前模樣的時候，緩慢而低沉。他說：「而妳每次都會提醒她，她是隻獨角獸。」

這時候，國王身上也出現改變了。他的眼睛突然變得清澈明亮，充滿感情，就像莫麗的眼睛——這是他第一次**看到**我們。他輕聲說：「噢，我的朋友啊！」說完便站起來，走向我們，環抱史蒙客和莫麗。我看得出來他以前曾是英雄，現在依然是英雄，於是開始覺得也許他真的有辦法，也許真的會沒事。

「那這位公主又是誰呢？」他直視著我問說。他的聲音完全就是國王該有的聲音，低沉有力，卻不嚇人也不凶。我想告訴他自己叫什麼，卻發不出聲音，結果他竟然在我面前單膝跪下，牽起我的手說：「我通常都能為落難公主提供一些幫助，請下令吧。」

「我不是公主，我叫做蘇茲，」我說：「我來自某個你可能根本不知道的村子，那裡有獅鷲獸在吃小孩。」這些話就這樣一口氣從我嘴裡冒了出來。國王聽了不只沒有笑我，看著我的表情也沒有變，反而問我村子叫什麼，我也回答了。他說：「實際上，我還真的知道那座村子呢，小姐，因為我去過。而現在，我將有幸能重返當地了。」

我越過國王的肩膀，看到史蒙客和莫麗彼此對看。就在史蒙客正準備要說些什麼的時候，兩人卻突然轉頭朝門口望去，因為有一位深膚色的嬌小女人正走進來。她年紀大概和我媽媽差不多，穿得像莫麗一樣，只有束腰長袍、緊身羊毛長褲和靴子。她用憂慮的語氣小聲說：「未能在此問候陛下的各位老友，我感到萬分抱歉。請不必費心報上大名，但是請容我介紹自己：我叫黎莎娜，是國王的私人祕書、翻譯官以及護衛。」她非常優雅且小心地挽起里爾國王的手，帶著他回椅子上坐好。

史蒙客似乎花了點時間，才從震驚中恢復。他說：「我從不知道我的老友里爾居然會需要有人替他效勞這些事，尤其是需要護衛。」

黎莎娜忙著把國王帶回椅子那邊，沒看向史蒙客就直接回答說：「距離您上次見到他已經過了多久了？」史蒙客沒有回答。黎莎娜還是一樣小聲，但是聽起來已經不那麼緊張了。「大人，時間遲早會張開爪子，抓住我們所有人。我們每個人都已經不再是過去的自己了。」里爾國王乖乖坐到椅子上，閉起眼睛。

我看得出來史蒙客很生氣，雖然就站在那裡，內心卻越來越生氣，但完全沒表現在臉上。我爸爸也會像這樣生氣，所以我才看得出來。他說：「陛下已經答應要陪這位年輕人回她的村子，以便替村民除掉到處吃人的獅鷲獸。我們明天就會出發。」

黎莎娜忽然轉身面向我們，速度快到我很確定她要開始大吼，指揮每個人該怎麼做。結果，她根本沒有大叫，也沒有下命令，表情甚至完全看不出來她有一丁點怒氣或是驚慌。她最後只說：「恐怕這是不可能的事，大人。國王陛下不適合踏上這樣的旅程，也無法完成這樣的任務。」

「國王陛下本人可不這麼認為。」史蒙客現在已經氣得咬牙切齒了。

「是嗎？然後呢？」黎莎娜指著里爾國王，我看到他已經在椅子上睡著了。他垂下頭，害我擔心他的王冠會掉下去，他的嘴巴也開開的。黎莎娜說：「您來此是想找記憶中那位無人能匹敵的戰士，結果卻只找到一個年邁體衰的老人。我向您保證，我能體會您有多難過，但是您必須理解——」

史蒙客打斷了她。我從來不懂大家說某人的眼神冒出火光是什麼意思，可是現在看到史蒙客的眼睛，才曉得至少他的綠眼是真的能做到。史蒙客看起來比原本還高，他舉起手指著黎莎娜時，我真的以為那位嬌小的女人會當場著火，不然就是直接融化。史蒙客開口的時候，聲音平靜得可怕。他說：「給我聽好，我可是魔法師史蒙客，而在我眼中，我的老友里爾一如往常，依然是那個聰明強壯、備受獨角獸喜愛的人。」

聽到那三個字，國王再次醒過來。他只眨了一下眼，便緊緊抓住椅子的扶手，撐住自己，努力站起來。他沒看向我們，而是看著黎莎娜說：「我會與他們同行，這是我得完成的任務，也是一份送給我的禮物。請妳務必替我做好萬全準備。」

黎莎娜說：「陛下，萬萬不可啊！陛下，我求求您！」

里爾國王伸出他那雙大手，捧起黎莎娜的臉，我看到了他們對彼此的愛。他說：「我就是為此而生，妳很清楚這點，他當然也一樣。替我做好準備，黎莎娜，我不在的期間，代我好好打理一切。」

黎莎娜看起來非常難過、非常**失落**，害我腦袋一片空白，不曉得該怎麼看待她、里爾國王或眼前的這一切。等我回過神來，感覺到莫麗正在撫摸我的頭髮，才發現自己已經退到她身旁了。她什麼也沒說，不過光是聞到她的氣味就讓我很安心。最後，黎莎娜輕輕地說：「遵命。」

她轉身，低著頭朝門外走去。我覺得她本來是打算走過去時對我們視而不見，結果還是辦不到。她走到門口的時候，抬起頭用力瞪著史蒙客，嚇得我把自己埋進莫麗衣服的下襬裡，以免看到她憤怒的眼神。我聽到她用幾乎是硬擠出來的聲音說：「要是他死了，魔法師，就算在你頭上。」我覺得她聽起來在哭，應該就是像大人那種靜靜流淚的哭法。

然後，我聽到史蒙客的回答，他的語氣冷淡到了極點，要不是我早就知道說話的人是他，恐怕根本聽不出來。「他以前就死過一次了。不管是那次，還是這次，或是**任何一種**死法，都好過他坐在那張椅子上踏入棺材。要是獅鷲獸最後殺了他，反而是救了他一命。」接著，我聽到門關上的聲音。

我盡可能壓低聲音問莫麗：「他在說什麼啊？國王以前死過是什麼意思啊？」但

是她沒有回答我，而是直接走向里爾國王，在他面前跪下，伸出雙手，握住國王的一隻手。莫麗說：「大人……陛下……朋友……我親愛的朋友，請你想起來啊。噢，求你，請你**想起來**啊。」

老國王站得不是很穩，但是依然舉起另一隻手，輕輕放在莫麗頭上，同時喃喃說道：「孩子，蘇茲……妳那好聽的名字就叫蘇茲，沒錯吧？我當然會去妳的村子。膽敢傷害里爾國王的子民，那就一定要讓這頭獅鷲獸消失在這世上。」他又重重跌回椅子上，不過依然緊握著莫麗的手，然後望向她，睜大那對藍眼睛，嘴巴微微顫抖地說：「但是妳必須提醒我，小不點，當我……忘記自己——忘記**她**的時候——妳必須提醒我，我還在尋找、還在等待……我從來沒有忘記她，也從來沒有背棄她教會我的一切。我坐在這個地方……我**坐著**……是因為身為國王不得不坐著，妳知道吧……可是在我腦中，在我那可憐的腦袋裡，我一直與**她**同在遠方……」

當時，我完全不懂他到底在說什麼，但是現在懂了。

國王又睡著了，還握著莫麗的手。莫麗坐在那裡，把頭靠在國王的膝蓋上，陪伴他好長一段時間。史蒙客離開房間，去確保黎莎娜做好該做的工作，為國王的遠征做好一切準備。這座城堡本來就到處傳來金屬碰撞的哐啷聲和各種叫喊聲，吵得讓人以為馬上就要打仗了，但是都沒有人來見里爾國王，或是向他報告、祝他好運之類的。簡直就像他根本不在這裡。

而我呢，雖然試著要寫一封給家人的信，還畫上了國王和城堡，但是才寫到一半，就像國王一樣睡著了，而且一路睡到晚上，甚至整晚都沒醒。等我醒來後，發現自己躺在床上，卻不記得自己有爬上去，還看到史蒙客正低頭看著我說：「起來，孩子，快下床。掀起這次騷動的人可是妳，現在妳可要來見證到最後一刻——國王就要去殺掉妳那隻獅鷲獸了。」

他話還沒說完，我已經跳下床，問說：「現在嗎？我們現在就要出發了嗎？」

史蒙客聳了聳肩。「反正中午前一定會，只要我能確實讓黎莎娜和其他人搞清楚，他們**不能**跟來。黎莎娜甚至還想帶上五十名士兵、十幾輛馬車的物資、一群負責來回傳訊的信差，還有王國裡每一位可憐的醫師。」他嘆了口氣，攤了攤手，「要是我們打算今天出發的話，我可能得先把他們全部變成石頭才行。」

我以為他八成在開玩笑，不過這時我已經學乖了：凡事扯上史蒙客，都很難說。

他又開口：「如果里爾身後跟著長長一列部下，他就不再是里爾了，蘇茲，妳懂我的意思嗎？」我搖搖頭。史蒙客說：「這都是我的錯，要是我設法更常來這裡探望他，說不定早就能做點什麼，讓里爾恢復成我和莫麗曾經認識的那個他了。都是我的錯啊，是我想得太簡單了。」

我記得莫麗說過：「史蒙客對時間不太有概念。」我還是不懂她這句話的意思，現在也一樣聽不懂史蒙客想表達什麼。我說：「人老了就是會這樣啊。我們村裡有個老人，講起話來就跟里爾國王一樣。還有一個女人叫珍奈媽媽，她老是一下雨就哭。」

史蒙客握緊拳頭，用力搥了一下自己的大腿。「小妹妹，里爾國王他可**沒有**發瘋，也沒有像黎莎娜聲稱的那樣變得年邁痴呆。他就是**里爾**，依然是那個里爾，我向妳保證。只不過當他待在這座城堡，身邊都是效忠他的好人，都很敬愛他，敬愛到甚至願意為他一死，就是因為這樣，他才會陷入……妳之前看到的那種狀態。」他沒再說下去。過了一會兒，他才稍微彎下腰，仔細盯著我瞧。「我提到獨角獸的時候，妳注意到他身上的變化了嗎？」

「獨角獸，」我回說：「有隻獨角獸曾愛著他，我注意到了。」

史蒙客用全新的眼光打量我，好像我們之前從沒見過一樣。他說：「原諒我，蘇茲，我一直把妳當成小孩來看待。沒錯，確實有那麼一隻獨角獸。里爾當上國王後，就沒見過她了，不過當初就是因為她，里爾才會是里爾。當我說出那三個字，當我或莫麗說出她的名字，雖然我到目前為止還沒這麼做，但是等到那時候，里爾就會回想起真正的自己。」他停頓了一下，又非常小聲地補充說：「就像很久以前，為了讓她想起自己是誰，我們也經常呼喚她的名字一樣。」

「我不知道獨角獸也有名字，」我說：「也不知道牠們居然會愛上人類。」

「牠們的確不會，只有這隻是例外。」他轉身迅速離開，背對著我說：「她叫阿茉曦亞。現在去找莫麗吧，她會幫妳找東西吃。」

就城堡的大小來說，我睡覺的房間並不算大，我們村長卡譚雅就有一間幾乎和這裡一樣大的臥室，而我之所以知道，是因為我會和她的女兒蘇菲雅一起玩耍。不過我蓋的被子上繡了一頂王冠，床頭板也刻著一張畫——就是之前看到的藍色旗幟，上面有隻白色獨角獸。原來里爾國王在那張老舊木椅上睡著的時候，我整晚都睡在他的床上。

我沒有留下來等莫麗帶我去吃早餐，而是直接跑到昨天最後看到國王的那個小房間。他果然在那裡，但是整個人改變好大，嚇得我僵在門邊，努力想好好呼吸。有三個男人像裁縫師一樣圍著國王，忙著替他穿上整套盔甲：先是所有盔甲底下的襯墊，再來是穿在雙手、雙腳、肩膀上的每個盔甲配件——我不曉得它們的名稱叫什麼。那些男人還沒有為國王戴上頭盔，所以可以看到他的頭從盔甲最上面露了出來，頂著白髮，長著大鼻子和藍眼睛。不過，他穿成這樣看起來一點也不蠢，反而像個巨人。

里爾國王看到我後，露出笑容，是個發自內心的開心微笑，卻也有點讓人害怕，簡直有點嚇人，就像我曾經在黑色天空中看到獅鷲獸全身發光時的那種感覺。那是一個英雄的微笑，我以前從來沒看過。他把我叫了過去：「小不點，妳願意的話，過來幫忙把我的劍扣好吧。這會是我的榮幸。」

那些男人還得先示範給我看要怎麼做。光是劍帶本身就重得要命，害我老是抓不住，一直從我手指中滑掉，而且我確實需要有人幫忙，才能把劍好好扣在劍帶上。不過我是自己把劍放入劍鞘的，雖然需要用兩手才能舉起劍。那把劍入鞘後，發出的聲響簡直像一扇巨大的門重重關上。里爾國王舉起一隻戴著冰冷鐵手套的手，輕碰我的臉蛋說：「謝謝妳，小不點。等這把劍下次出鞘，就是解放妳村子的時候了，我向你保證。」

史蒙客走進來，看了國王一眼，馬上搖頭說：「這實在是荒謬透頂……我們要騎四天才會到，久的話可能五天，而且現在天氣變熱了，熱到可以在冰山上煮熟龍蝦耶。等到面對獅鷲獸，他才需要穿這些盔甲。」你完全聽得出來他覺得那些幫忙穿盔甲的人有多蠢。不過，里爾國王就只是用剛才對我露出的那個微笑看著史蒙客，他立刻就住口了。

里爾國王說：「老友啊，我向來怎麼去就怎麼回，這就是我的作風。」有一瞬間，史蒙客看起來像個小男孩。最後，他只能說：「這是你的事，別怪我就行。不管怎樣，至少別戴著頭盔。」

他正要轉身，悄悄離開房間，莫麗卻在這時候從他身後冒了出來，開口說：「噢，陛下——里爾——真是威風凜凜！你看起來實在太棒了！」她的語氣簡直和我的琪瑞姐阿姨滔滔不絕聊著我哥威爾弗時一樣——好像就算他弄髒褲子、跳進豬圈，她還是會認為我哥哥是全世界最棒、最聰明的小男孩了。不過莫麗的語氣還是有些不同。她把那些不知道是裁縫師還是什麼的人直接推到一邊，踮起腳跟，用手梳了梳里爾國王的那頭白髮。我還聽到她低聲說：「我真希望她能看到你現在的樣子。」

里爾國王看了她好久，卻什麼也沒說。史蒙客站在那裡，離他們有點距離，也一樣什麼都沒說，但是他們三顆心與彼此同在。我真希望我和費莉西塔變老的時候，也能像他們這樣心有靈犀——不過這已經是不可能的事了。

里爾國王看向我說：「這孩子在等著呢。」於是，我們就此出發回我家了。國王、史蒙客、莫麗，還有我。

直到最後一刻，可憐的老黎莎娜還不停拜託里爾國王帶上幾位騎士或士兵。我們離開的時候，她甚至直接用走的跟在我們後面，大喊說：「國王——陛下——若您不願意讓任何人陪您去，那就帶上我吧！請帶我走！」國王聽到後停下來，掉頭騎回黎莎娜身邊，下馬抱住她。我不知道他們對彼此說了什麼，不過在那之後，黎莎娜就沒有再跟上來了。

大部分的時候，我都和國王一起騎他那匹緊張兮兮的黑色母馬，端坐在他前面。我怕那匹黑馬會咬我一口，或是趁我不注意的時候踢我一腳，不過里爾國王對我說：

「妳放心吧，牠會緊張，是因為現在風平浪靜。等到有龍來襲擊牠，噴出死亡氣息——那些煙可是比龍噴的火還要危險呢，小不點——或是等到妳那頭獅鷲獸往下撲向我的黑馬，妳就會看到牠最英勇的表現了。」我還是不怎麼喜歡那匹馬，不過倒是很喜歡國王。他沒有像史蒙客那樣唱歌給我聽，卻講了很多故事，而且都不是虛構的傳說或童話，而是貨真價實的故事。他之所以曉得這些故事都是真的，是因為那些都是他的親身經歷！我從來沒有聽過像那樣的故事，以後也絕不會有機會了，這點我非常肯定。

他還告訴了我很多事，比方說，如果要與龍決鬥，要注意哪些事；他也告訴我，他是怎麼知道食人巨魔不像外表看起來那麼笨；還有雪融化的時候，為什麼絕對不應該在高山上的水池裡游泳；以及要怎麼做，才能**偶爾**和巨怪成為朋友。他後來談到他父親的城堡，就是他長大的那個地方，也聊到他是怎麼在那裡遇見史蒙客和莫麗，甚至提到莫麗養的那隻貓——他說那小傢伙有個歪掉的好笑耳朵。但是當我問他城堡為什麼會倒塌，他沒有說得很清楚，和史蒙客之前一樣模糊帶過，聲音也變得非常微弱、非常遙遠。「妳要知道，小不點，我開始忘東忘西。」他說：「我努力想記得，卻還是會忘記。」

不用他說，我早就知道了。他一直把莫麗叫成蘇茲，也從來不叫我**小不點**以外的名字，史蒙客還得隨時提醒他，我們要去哪裡以及去那裡的原因。不過，這種情況總是發生在晚上，白天他通常都表現得很正常。當他又開始變糊塗——不只是腦袋糊塗，連人都會到處亂走，我有一晚就發現他跑到森林裡，對著一顆樹說話，好像那棵樹是他父親似的——這時候只要提到叫做阿茉曦亞的白色獨角獸，他幾乎就會立刻恢復正常。這件事通常靠史蒙客就能解決，不過他跑進森林的那次，是我讓他恢復的。那時他握著我的手，告訴我認出小魔怪的方法，還有為什麼一定要認出來才行。可是，我就是沒辦法讓他透露關於那隻獨角獸的事。

在我住的地方，秋天都來得很早。白天還是很熱，國王卻老是不肯脫下盔甲，甚至連那頂上面有藍色大羽毛的頭盔也是，只有睡覺的時候才會脫掉。到了晚上，我都窩在莫麗和史蒙客中間取暖。我們還隨時能聽見到處亂叫的雄鹿，因為季節到了開始瘋狂嘶叫。有一次，我和里爾國王共騎的時候，一頭雄鹿還真的朝他的黑馬衝了過來。史蒙客原本打算對雄鹿施魔法，就像他之前趕走烏鴉那樣，沒想到國王放聲大笑，迎向那隻鹿，直朝那些鹿角騎過去。我開始尖叫，但是那匹黑色母馬完全沒有停下腳步。

結果，雄鹿在最後一刻轉身了。牠的尾巴像山羊一樣不停打轉，表情像里爾國王一樣困惑恍惚，然後就這樣緩緩消失在樹叢裡。

等我從驚嚇中恢復過來，為自己感到非常驕傲。但是史蒙客和莫麗都罵了里爾國王一頓，於是接下來一整天，他不停對我道歉，說不該讓我身陷危險，完全就和莫麗之前說的一樣——他就是喜歡危險。「我忘了妳也騎在馬上，小不點。為此我這輩子都欠妳一個道歉。」說完便對我露出之前看過的那個英雄笑容，又帥氣又可怕，並補了一句：「可是天哪，小不點，這種感覺真令人懷念！」那一晚，他腦袋沒有變糊塗，也沒有亂跑迷路，反而和我們開開心心坐在火邊，完整唱了一首很長的歌謠，內容講的是首領老哥這個土匪的各種冒險。我從來沒聽過這個人，不過這首歌非常棒。

第四天接近傍晚的時候，我們終於抵達了我的村子。我們還沒騎進去，史蒙客便叫我們全停下來，並直接對我說：「蘇茲，如果妳告訴大家這位就是里爾國王本人，他們一定會大吵大鬧，開心得慶祝起來，那我們誰也別想好好休息了。所以呢，妳最好告訴大家，我們帶來了里爾國王旗下最厲害的騎士，他需要整晚都用祈禱和冥想來淨化自己，才能好好應付那頭獅鷲獸。」他抬起我的下巴，讓我直視他那對綠到不行的眼睛，接著才說：「小妹妹，妳必須相信我，我向來很清楚自己在做什麼——這是我的毛病。把我剛才說的話全告訴妳村子裡的人。」莫麗輕輕碰了我一下，看著我卻什麼也沒說，所以我知道這麼做不會有問題。

我把他們留在村子外面紮營，自己一個人走路回家。最先來迎接我的是瑪爾卡。我甚至還沒走到賽門與愛希開的那家小酒館，牠就已經聞到我的味道了。瑪爾卡衝過來，用力撞上我的腿，把我撞倒在地，爪子壓著我的肩膀，讓我動不了。接著，牠拚命舔我的臉，舔到我得捏住牠的鼻子，牠才肯放過我，和我一起跑回家。爸爸出門放羊了，不過媽媽和威爾弗都在家。看到我回家，兩人都緊抓著我，幾乎快把我勒死了，而且還哭了起來——連那個討人厭的笨蛋威爾弗也哭了！因為每個人都深信我一定是被獅鷲獸抓走吃掉了。不過，因為我沒和任何人講一聲，就坐著安伯斯叔叔的馬車溜走，媽媽哭完後，便開始打我屁股，後來爸爸回家，我又被他打了一頓。但是我根本不介意。

我告訴他們，我親自見到了里爾國王，還去過他的城堡，也講了史蒙客交代我要說的那些話，可是他們都興致不高。爸爸只是坐下咕噥著說：「哦，是啦，又派了一位厲害的戰士來安慰我們，結果還不是會變成獅鷲獸果腹的點心。妳那該死的國王永遠不會親自出馬，只有這點千真萬確。」媽媽斥責他不該在我和威爾弗面前爆粗口，但是爸爸繼續說道：「他以前可能會關心像我們這樣的小村莊、像我們這樣的小老百姓，可是他現在老了，只在乎誰會繼承王位，那些老國王都一樣啦。」

我實在很想告訴他里爾國王**本人**就在這裡，離我們家門口不到一公里。但是我忍住沒說，不只是因為史蒙客叫我別說，也是因為我不確定像爸爸這樣的人，看到國王滿頭白髮，不太可靠，隨時隨地都心不在焉的模樣，到底會怎麼想。我自己也不確定我要怎麼看待他。他確實是一位很親切也很有威嚴的老人，還會講精彩的冒險故事。不過當我試著想像他一個人騎馬進午林，與獅鷲獸決鬥，而且還是那隻已經吃掉他好幾位最厲害騎士的怪物……老實說，我想像不出那個畫面。我原本離家，就是想帶他回來殺掉獅鷲獸，結果現在成真了，我卻突然怕自己會害死他。萬一他最後真的死了，我知道我永遠不會原諒自己。

那一晚，我實在好想見史蒙客、莫麗、里爾國王一面。我好想和他們三人一起睡在野地上，聽他們聊天，或許就不會那麼擔心明天早上的事了。但是想也知道不可能，連我去洗個臉，全家人都不敢讓我離開他們的視線。我走到哪，威爾弗就跟到哪，還不停問一堆關於城堡的問題。爸爸則帶我去找卡譚雅村長，叫我把整件事從頭到尾再說一遍，最後還要我同意他的看法，表示不管國王這次派誰來，都不太可能會比之前那些人有用。而媽媽一直餵我吃東西，還一邊罵我，一邊緊緊擁抱我，幾乎是同時做這三件事。然後到了晚上，我們又聽到那隻獅鷲獸發出在狩獵時才會有的叫聲，輕柔、寂寞卻可怕的聲音。於是，因為各種有的沒的事情，我其實沒怎麼睡。

不過當太陽升起，我也幫威爾弗擠完山羊奶後，他們便放我出門去營地，條件是我要讓瑪爾卡跟去——讓牠跟來，簡直就等於是帶著媽媽一起去。我看見莫麗已經在幫里爾國王穿盔甲，而史蒙客正把昨天吃剩的晚餐埋起來，彷彿這只不過是他們旅程中的一個平凡日子，隨後就會繼續朝某處前進。他們向我打招呼，史蒙客還謝謝我按照他說的去做，里爾國王整晚才能好好休息，以便在今天——

我沒讓他把話說完。我發誓，當時我並不知道自己會這麼做，但是我直接跑向里爾國王，抱住他說：「別去！我改變心意了，請你別去！」完全就像之前的黎莎娜。

里爾國王低頭看我，那時候的他看起來和樹一樣高。他用戴上鐵手套的手，非常溫柔地拍拍我的頭說：「小不點，有隻獅鷲獸等著我去殺掉呢。這可是我的工作。」

這正是我之前說過的話，雖然那似乎已經是很久之前的事了，卻也因此讓我更加難受。我又說了一遍：「我改變心意了！要和獅鷲獸決鬥，可以找別人去，不必是你啊！你回家去！你**現在**就回家去，繼續過你的日子、繼續當國王、繼續做其他事。」我開始一邊吸鼻涕，一邊胡言亂語，簡直就像小嬰兒，我自己也很清楚。幸好威爾弗沒有看到我這時候的模樣。

里爾國王用一隻手輕輕撫摸我的頭，同時想用另一隻手把我推往其他兩人的方向，但我就是不肯放手。我想自己當時還試著要把他的劍從劍鞘中抽出來，從他身邊拿走。結果，里爾國王說：「不、不，小不點，妳不懂，有些怪物只有國王才殺得掉。我向來都很清楚這點，所以打從一開始，我就不該派那些可憐的人去送死，因為整個國家沒有其他人能為妳和妳的村民殺掉那頭怪物。真的，殺掉獅鷲獸就是我的工作。」說完，他親了我的手，他一定像這樣親過多到數不清的女王。而他現在也親了我的手，就像親那些女王的手一樣。

莫麗走了過來，把我帶開。她緊緊擁著我，輕輕撫摸我的頭髮，對我說：「孩子，蘇茲，他現在已經沒辦法回頭了，妳也一樣。妳注定要為他帶來這最後一項任務，他則注定要接下這份任務。不管是妳還是他，都沒辦法做出不同的選擇，因為你們天生就是如此。所以妳現在必須和他一樣勇敢，看看最終結果會如何發展。」她說到這裡，聲音突然有點哽咽，於是改口說：「其實應該說，妳必須等我們之後告訴妳結果，因為妳當然不能跟我們一起進森林。」

「我要去。」我說：「妳不能阻止我，沒有人可以。」這時候，我已經沒再吸鼻涕或哭哭啼啼了，而是清楚表達出我的決心。

莫麗抓著我，然後伸直手臂，輕輕晃著我的身體說：「蘇茲，要是妳能對我說，妳爸媽允許妳跟我們一起去，那妳就能跟來，他們有說可以嗎？」

我沒回答她。她又晃了晃我的身體，這次更小力，並開口說道：「噢，我實在太壞了，原諒我，親愛的朋友。從我們認識的那天起，我就知道妳永遠都學不會說謊。」她伸出雙手，握住我的兩隻手，對我說：「妳願意的話，帶我們去午林吧，蘇茲，然後我們就在那裡道別。妳願意為我們帶路嗎？至少為我這麼做吧？」

我點頭，還是沒開口。我沒辦法，喉嚨實在太痛了。莫麗捏了捏我的手說：「謝謝妳。」史蒙客走過來，用眼神向她示意了什麼，因為莫麗回他說：「對，我知道。」但是史蒙客根本沒說半個字。她和史蒙客一起走向里爾國王，留下我一個人站在原地，努力想讓身體不再發抖。我過了好一陣子才成功。

午林其實不遠，他們根本不需要我幫忙也找得到。只要去村子側邊蓋得最高的房子，也就是去艾利斯的麵包店屋頂上，就能看到午林是從哪裡開始長的。就算從遠處看過去，就算沒有真的站在午林裡面，那裡也總是黑壓壓一片。我不知道這是因為午林都是橡樹（我們村裡有各種關於橡樹林，以及住在裡面生物的故事和諺語），或者是因為被施了某種魔咒，還是因為獅鷲獸的關係。

也許在獅鷲獸出現以前，午林並不是這個樣子。安伯斯叔叔說打從他出生以來，那裡一直都是個很糟的地方，但是爸爸卻說不對，他和朋友以前在那裡打過獵，而且年輕的時候，還和媽媽在午林裡野餐過一兩次。

里爾國王騎在最前面，抬頭挺胸，藍色大羽毛在他頭盔上晃來晃去，說是羽毛，其實更像是旗幟。他整個人看起來威風凜凜，簡直變年輕了。我原本打算和莫麗騎同一匹馬，但是才正要走過去，里爾國王就從馬鞍上彎腰，把我撈起來，放到他前面坐好，對我說：「小不點，直到我們抵達那座森林之前，妳要為我帶路，與我同行。」我覺得很驕傲，卻也很害怕，因為他看起來實在太開心了，可是我心裡很清楚他正在走向死亡，一心想彌補之前派那些騎士來和獅鷲獸決鬥的錯。我沒有試著警告他，因為他不會聽，這點我也很清楚。我和可憐的黎莎娜都再清楚不過了。

我們騎馬前進的同時，他告訴了我關於獅鷲獸的各種事。他說：「如果妳未來得對付獅鷲獸，小不點，必須記住牠們和龍不一樣。龍就只是龍，如果牠們從天上朝妳俯衝過來，就想辦法讓自己縮小得幾乎看不見，但是一定要站穩，然後朝龍的下腹部攻擊，這樣就能打贏了。不過換成是獅鷲獸的話……獅鷲獸其實是某個神明出於幽默，把兩種非常不相似的生物融合在一起，就是老鷹和獅子。所以在這種野獸的體內，有一顆老鷹的心在跳動，還有一顆獅子的心在跳動。一定要把這兩顆心都刺穿，才有機會在戰鬥中存活下來。」他講起這些事，簡直興高采烈到了極點，一邊穩穩讓我坐在馬鞍上，一邊像老人那樣不斷重複同樣的話：「兩顆心，絕對不能忘記這點，因為很多人都會忘記。老鷹的心、獅子的心——老鷹心、獅子心。**絕對別忘記**，小不點。」

我們經過很多我認識的人，他們都帶著綿羊和山羊出來吃草，每個人都向我揮手，也有人大喊大叫或開開玩笑。他們也為里爾國王歡呼，但是沒有向他鞠躬或脫帽致意，因為誰都沒有認出他，不曉得他的真實身分。里爾國王似乎對這點非常高興，其他大部分的國王恐怕不會如此。不過他是我唯一見過的國王，所以問我不準。

我們根本還沒接近午林，它似乎就想伸手把我們抓過去。只見午林投下的影子像長長的手指，在空曠的田野上一路延伸，樹上的葉子也不斷搖曳，沙沙作響，但是完全沒有風在吹。不管白天黑夜，森林通常都非常熱鬧，要是靜靜地站著聽，便能聽到蟲鳴鳥叫和溪水潺潺；不過午林始終安靜無聲。這種安靜無聲的狀態也延伸到午林周圍。

我們騎到很靠近午林的地方後便停步。里爾國王對我說：「我們就在此道別了，小不點。」然後小心翼翼地把我放到地上，就像是把鳥兒輕輕放回鳥巢一樣。他對史蒙客說：「我知道不該阻止你和蘇茲跟我走，」——他一直用我的名字叫莫麗，沒有例外，我不曉得原因——「但我要命令你，而且是以偉大魔法師尼可斯之名，並以我們長久以來寶貴情誼的名義。」

他停了下來，有那麼一會兒，沒再說半個字，我很怕他是不是又和之前一樣，忘了自己是誰、為什麼會在這裡。不過，他繼續說了下去，聲音就像那些發瘋的雄鹿，既清楚又響亮，「我以**她**的名字、以阿茉曦亞小姐之名命令你，從我們經過森林的第一棵樹開始，就不准用任何方式協助我，而是完完全全讓我自己完成我該做的任務。我們對此達成共識了嗎？我親愛的摯友。」

史蒙客討厭這樣。就算不用魔法也看得出來，太明顯了，甚至連我都知道，史蒙客根本是打算等他們真的對上那頭獅鷲獸後，便立刻接手這場戰鬥。不過，里爾國王正用那對年輕的藍眼睛直直看著史蒙客，臉上還帶著一絲微笑，害史蒙客不曉得該怎麼做才好。但是他什麼也**做不了**，最後只能點頭，咕噥著說：「若陛下希望如此，那麼我會照辦。」國王第一次完全沒聽到他的回答，於是又讓史蒙客說了一遍。

接下來，既然他們不允許我再繼續跟下去，當然得一一和我道別。莫麗說她知道我們總有一天會再見面，史蒙客則對我說，我有素質能成為真正的戰士女王，只不過他很確定我的聰明才智用來當戰士女王太浪費了。至於里爾國王……里爾國王用其他人都聽不到的聲音，悄悄對我說：「小不點，我要是結婚生了女兒，一定會希望她就像妳一樣勇敢、善良、忠誠，除此之外，我別無所求。妳要牢牢記住這點，就如同我這輩子到死都會記得妳。」

這番話實在是很棒，真希望爸爸和媽媽也能在場，聽聽這些大人是怎麼稱讚我的。他們一說完，便轉身騎進午林，三人都是，不過只有莫麗轉頭看著我。我想她這麼做是要確保我沒有跟上去，因為我應該要直接回家，乖乖在那裡等消息，看我的朋友們最後到底是生是死，或是那隻獅鷲獸會不會再繼續吃掉更多小孩。我的任務已經結束了。

要不是因為瑪爾卡，也許我真的會乖乖回家，讓一切就這樣結束。

牠不該跟著我，而是應該要去看著那些綿羊才對，因為那是牠的工作，就像里爾國王正在做他的工作，準備要去面對獅鷲獸。但是對瑪爾卡來說，我也是一隻綿羊，而且還是牠看守過最愚蠢、最煩人的綿羊了，老是跑掉，落入某種危險之中。在抵達午林之前，瑪爾卡都一直小跑步悄悄跟在國王那匹馬旁邊。不過現在既然只剩我們兩個了，牠當然是直接衝過來，在我四周蹦蹦跳跳，用雷鳴般的聲音汪汪大叫，最後用力把我撞倒在地上，每次我沒有待在瑪爾卡認為我該在的地方，牠一定都會對我來這一套。每次牠朝我衝過來，我都會做好準備，想辦法讓自己不被撞倒，卻從來沒有成功過。

我還來不及站起來，瑪爾卡就會咬住我的罩衫下襬，開始用力把我拖向牠認為我該去的地方。只不過這次……這次瑪爾卡突然站了起來，好像忘了我的存在。牠越過我瞪著午林，翻著白眼，發出低沉的吼叫聲，我覺得連牠都不知道自己能發出這樣的聲音。下一刻，瑪爾卡就不見了。牠朝著午林飛奔而去，嘴巴吐出白沫，不整齊的大耳朵也平貼在腦袋後面。我大聲喊牠，但是瑪爾卡那樣吠叫，根本不可能聽到我在叫牠。

好吧，看來我別無選擇了。里爾國王、史蒙客、莫麗都能選擇自己是不是要去找午林的獅鷲獸，不過瑪爾卡是我的狗，牠不曉得自己將要面對什麼怪物，我**不能**讓牠獨自去面對。所以說，我其實也沒有別的辦法了。我深吸一大口氣，朝四周看了一下後，便跟著瑪爾卡的腳步，走進午林。

事實上，我是盡可能用跑的，直到跑不動才改用走的，然後有力氣能跑了，就繼續多跑一陣子。午林裡面沒有什麼所謂的小徑，因為沒人會來這裡，所以其實不難看出三匹馬在矮樹叢間硬要往前進的痕跡，更何況馬蹄印上還有一排狗腳印。林中非常安靜，沒有風吹，也沒有鳥叫，完全沒有半點聲音，只有我的喘息聲。我甚至沒有再聽到瑪爾卡的叫聲。我原本是希望他們找到獅鷲獸的時候，也許牠正在巢穴裡睡覺，而里爾國王早就趁機把牠殺掉了。可是我心裡卻不這麼想。里爾國王大概會覺得攻擊睡著的獅鷲獸並不光榮，所以會把牠叫醒，來場公平的對決。雖然我認識里爾國王的時間不長，但是我知道他會怎麼做。

然後，就在我前面不遠的地方，整個森林炸開了。

各種聲音吵得我很難搞清楚到底發生了什麼事：瑪爾卡完全是在**嚎叫**；一大堆鳥兒從樹叢裡同時衝了出來，到處亂飛；史蒙客或里爾國王或某個人正在大喊，只不過我聽不懂半個字。在這些吵雜聲中，還有某個沒那麼響亮的聲音，大概介於低吼和那種可怕卻輕柔的呼喚聲，像小孩嚇壞時所發出的叫聲。接著，就在我闖進空地後，立刻聽到刀劍碰撞的刺耳聲音，只不過這次更大聲了。這時候，我也看到獅鷲獸正迅速朝空中直直飛去，翅膀在陽光的照耀下閃閃發光，金色眼睛的冰冷視線**刺入**我的雙眼，鳥嘴更是大張，可以看到鮮紅的食道不斷往下延伸。牠占滿了整個天空。

里爾國王跨坐在黑色母馬上，也同樣占滿了整個空地。他簡直和獅鷲獸一樣巨大，手中握的劍大得像獵殺野豬的長矛。里爾國王舉起劍對獅鷲獸晃了晃，挑釁牠降落到地面來決鬥，但是獅鷲獸一直待在里爾國王的攻擊範圍外，不斷在上方盤旋，想好好打量這些突然冒出來的陌生人。瑪爾卡簡直是瘋了，不停高聲吠叫，一次又一次用力跳向空中，想狠狠咬住獅鷲獸的獅子腿和老鷹爪，但是每次落回地面，頂多都只咬下翅膀的一根堅硬鐵羽毛。我朝瑪爾卡撲過去，在半空中抓住牠，想趁著獅鷲獸還沒轉向牠，先拚命把牠拖走。沒想到瑪爾卡居然反抗我，伸出鈍了的狗爪亂抓我的臉，直到我不得不放手。結果，牠最後一次往上跳，獅鷲獸突然衝下來，用其中一隻巨大翅膀直接打中瑪爾卡側面，力量大到瑪爾卡連叫都沒辦法叫，我也嚇得發不出半點聲音。瑪爾卡就這樣飛過整個空地，重重撞上一棵樹，掉到地上，然後一動也不動。

後來，莫麗告訴我，就是在這時候，里爾國王刺中了獅鷲獸的那顆獅子心。我沒看到這一幕，因為我當時飛奔到空地的另一頭，整個人撲在瑪爾卡身上，以免獅鷲獸又來攻擊牠。所以我什麼也沒看到，只看到瑪爾卡瞪大的眼睛和身側的血跡。不過，那時候我確實聽到了那頭怪物的怒吼。等我有辦法轉過頭去，就看到獅鷲獸身側也噴出大量鮮血，牠的後腳還拱了起來，縮在腹部旁邊，就像人在痛到不行的時候，身體會縮起來那樣。里爾國王像個男孩般大喊，接著把大劍往空中一拋，拋得幾乎和獅鷲獸一樣高，再一把抓住，朝獅鷲獸衝過去。因為獅子的身體受了重傷，讓獅鷲獸不斷搖搖晃晃往下沉，越飛越低，最後砰一聲掉到地上，就像剛才的瑪爾卡。有那麼一瞬間，我十分確定獅鷲獸死了。我還記得自己當時非常心不在焉地想著：**這樣很好，我很高興，我確定自己現在很高興**。

不過，史蒙客對著里爾國王高聲大喊：「兩顆心！**兩顆心啊！**」一直叫到他破音。莫麗整個人護在我身上，想把我拉走，遠離獅鷲獸。而我正緊抱著瑪爾卡不放，心裡想著牠變得好重，也搞不清楚當下到底還發生了什麼事，因為我眼裡和心裡只有瑪爾卡，也只感覺得到我還在跳動的心臟下，牠的心臟沒在跳動了。

我出生的時候，是瑪爾卡守著我的搖籃；就連我咬了牠可憐的耳朵時，牠也始終沒吭聲。媽媽是這麼說的。

里爾國王沒有看到或聽到我們。對他來說，全世界只剩下那隻躺在空地中央的獅鷲獸，正歪著身體，不停拍動翅膀，拚命掙扎。就算都來到這個地步了，就算獅鷲獸已經殺了瑪爾卡和我的朋友，加上一堆綿羊和山羊，以及不知道還有多少受害者，我還是不禁覺得牠很可憐。里爾國王肯定也有相同的感受，因為他從黑色母馬上下來，直接走向獅鷲獸，對牠說話，同時垂下手上的劍，讓尖端碰到地面。他說：「你是一個可敬又可怕的對手，肯定也是我這輩子最後將面對的強敵。我們各自完成了與生俱來的職責，我們彼此都是。我要為你的死亡致上謝意。」

就在里爾國王說出最後一個字的瞬間，獅鷲獸逮中他了。

撲向里爾國王的是獅鷲獸身上老鷹的那部分，牠拖著獅子的身體發動攻擊，就像我剛拖著瑪爾卡已經死去的身體一樣。里爾國王雖然往後一退，立刻揮劍，及時砍掉了獅鷲獸的老鷹頭，但顯然還不夠快。那個可怕的鳥嘴咬住他的腰，一下子就把盔甲割開來，像斧頭砍碎派皮一樣輕鬆。里爾國王痛得彎起了腰，看上去就像晾起來曬的溼衣服，我卻沒有聽到他發出半點聲音。我看到有血，更糟的是，我完全不曉得他是死是活。那時候，我以為獅鷲獸會把他咬成兩半。

我從莫麗的懷中掙脫開來。她正在對史蒙客大喊，叫他做點什麼，但是他當然什麼也不能做，莫麗也很清楚，因為史蒙客已經答應里爾國王，不管發生什麼事，都不會用魔法插手。但我可不是魔法師，也沒有答應誰說我不會做什麼。我對瑪爾卡說，我很快就回來。

獅鷲獸沒看到我走過去。牠正忙著低頭看里爾國王，用翅膀把他藏起來。那個獅子身體鬆垮垮地拖在後頭，不斷掀起塵土，反而讓獅鷲獸看上去更可怕，雖然我也說不清原因，而且牠還從頭到尾一直發出某種輕柔的呼嚕聲。我左手握著一顆大石頭，右手拿著枯樹枝，開始放聲大叫，但是不記得喊了什麼。要是像我這樣果斷地邊叫邊跑過去，有時候可以把跑來找羊群的野狼嚇跑。

我兩隻手都能用力丟東西——在我還小的時候，威爾弗就親身體驗過了。所以，當石頭砸中了獅鷲獸的脖子，牠立刻抬起頭，顯然不喜歡被人用石頭打。不過牠忙著解決里爾國王，根本沒空理我。我完全不覺得手上那根樹枝會對半死不活的獅鷲獸造成什麼傷害，但還是盡可能把樹枝丟得很遠，轉移牠的視線。就在獅鷲獸真的轉頭的那一刻，我小小衝刺了一下，接著用力朝里爾國王的劍俯身一撲。他倒下的時候壓在劍上面，不過劍柄突了出來。我知道自己舉得起劍，因為我們一起出發之前，就是我幫忙把劍扣在他身上的。

不過，我沒辦法把劍抽出來，因為里爾國王太重了，和瑪爾卡一樣。可是我不想放棄，也不想放手。我不斷拚命拉扯那把劍，專心到沒發現莫麗跑過來，又想用力把我拉走，也沒注意到獅鷲獸開始越過里爾國王的身體，正慢慢朝我爬過來。這時，我聽到史蒙客的聲音，聽起來非常遙遠，還心想他居然在唱之前為我編的其中一首蠢歌，可是為什麼偏偏要挑這個時候做這種事啊？然後，為了揮開黏在臉上的汗溼頭髮，我終於抬起頭，沒想到下一刻，獅鷲獸便用一隻爪子抓住我，把我猛力扯離莫麗身邊，摔到里爾國王身上。我的臉頰貼在里爾國王的盔甲上，覺得非常冰冷，彷彿盔甲與他一起死去了。

獅鷲獸直直看進我的眼裡，這真是遭透了，比被牠用爪子抓住的那種疼痛還糟，比再也見不到我爸媽和笨蛋威爾弗還糟，比知道我再也救不了里爾國王或瑪爾卡還糟。獅鷲獸不會說話，不過里爾國王曾告訴我，龍會說話，但只對英雄開口。即使這樣，那對金色眼睛就像在對我的眼睛說：「沒錯，我很快就會死，但是你們現在全死定了，每一個人都是。在渡鴉把我吃乾淨之前，我會先把你們全部生吞活剝。等到你們那個骯髒可憐的蟻丘再也沒有半個人記得你們的名字，你們這些人類還是會記得我有多厲害、我曾經對他們做過什麼事。這麼看來，是我贏了。」我心裡很清楚，牠說的都是真的。

然後，除了那個張大的鳥嘴和發熱的食道之外，我什麼都看不到了。接著，有東西出現了。

我以為那只是雲。因為我整個人被嚇呆了，真的以為那是一朵白雲，只是它飄得非常低也非常快，所以直接把獅鷲獸從里爾國王身上用力撞開，同時讓我滾進了莫麗的懷裡。莫麗緊緊抱住我，幾乎快讓我窒息了。等我扭動身體，終於探出頭來，才看到朝我們而來的究竟是什麼。我還是能在腦中看到那個畫面。此刻，它就浮現在我的腦海裡。

牠們看起來**根本**不像馬，真不知道以前的人怎麼會這麼認為。牠們確實是有四條腿和尾巴啦，可是牠們是偶蹄，像鹿蹄或山羊蹄那樣；牠們的頭也比馬的要來得小，而且更**尖**一點。牠們整個身體也和馬不同，說牠們像馬，簡直像在說雪花看起來和牛一樣。以牠們的身體大小來看，頭上的角似乎太長也太重了，實在令人無法想像，那麼細長的脖子怎麼能支撐住那麼大的角——不過顯然就是可以。

史蒙客正跪在地上，閉著眼睛，嘴唇不停在動，好像還在唱歌似的。莫麗不斷低聲說道：「阿茉曦亞……阿茉曦亞……」不是對著我說，也不是對任何人說。那隻獨角獸隔著里爾國王的身體，面向獅鷲獸。她的前腳輕輕踩踏，有點像舞步，後腳卻擺出像公羊要衝刺的姿勢。只不過公羊發動攻擊時會先低下頭，獨角獸卻把頭抬得高高的，讓頭上的角反射著陽光，像貝殼般閃閃發亮。接著，她放聲大叫，聲音聽起來是如此純粹、如此……受傷，讓我好想鑽回莫麗衣服的下襬裡，遮住耳朵。然後，獨角獸真的把頭低了下去。

獅鷲獸就算快死了，還是激烈抵抗。牠一跳一跳地迎向獨角獸，卻在最後一刻閃開，趁獨角獸飛奔過去的時候，張開血淋淋的鳥嘴，想咬住獨角獸的腿。不過每當這時，獨角獸便會立刻掉頭，轉身的速度遠比馬還要快，並在獅鷲獸準備好迎擊之前，繼續發動攻擊。這確實一點也不公平，但是我再也不為獅鷲獸感到難過了。

獨角獸最後一次攻擊的時候，用頭上的角從旁邊揮去，像揮棍棒一樣，把獅鷲獸擊倒在地上。沒想到，獨角獸還沒來得及轉身，獅鷲獸就已經站了起來，而且竟然還拖著獅子那部分，整個身體跳入空中，高度剛好讓牠落下來的時候能踩在獨角獸的背上，用老鷹的爪子一把抓住，準備咬穿牠的脖子，就像牠當初咬住里爾國王那樣。這時候，我終於忍不住放聲尖叫，不過獨角獸用後腿站了起來，我還以為她會整個向後翻過去。結果，獨角獸反而把獅鷲獸摔在地上，然後一個轉身，將頭上的角直直刺穿堅硬的鐵羽毛，刺穿那顆老鷹心。之後，獨角獸又在獅鷲獸身上踐踏了好一陣子，不過其實已經沒必要這麼做了。

史蒙客和莫麗跑向里爾國王，沒有看獅鷲獸一眼，也幾乎沒去注意獨角獸在做什麼。我想要回到瑪爾卡身邊，卻還是跟著他們走到里爾國王躺著的地方。我親眼看到獅鷲獸對他做的好事，而且遠比他們兩個人都還要靠近，實在看不出他怎麼可能還活著。不過他真的還活著，可是只剩一口氣了。我們跪在里爾國王身邊，他睜開眼睛，對著我們所有人露出溫柔的笑容，開口說：「黎莎娜？黎莎娜，我該洗澡了，是不是？」

我沒哭。莫麗沒哭。史蒙客沒哭。他回答說：「不，陛下，不用，您真的完全不必洗澡。」

里爾國王看起來一臉困惑。「但我聞起來很臭啊，黎莎娜。我想我應該是尿褲子了。」他朝我伸出手，然後非常用力地握住我的手。「小不點，」他說：「小不點，我認識妳。別因為我老了，就對我感到不好意思。」

我也使出全身的力氣，回握住他的手。「你好，國王陛下。」我說：「你好。」

我不知道自己還能說什麼。

然後，他的臉突然變年輕了，表情看起來很快樂、充滿精神，原來他那雙眼睛正越過我望著遠處，看見了某個事物。我感覺到肩膀上有股氣息，轉頭一看，發現是那隻獨角獸。她身上到處都是很深的刮傷和咬痕，正不斷流血，尤其是在脖子周圍。不過在她那對深色眼睛裡，只看得到里爾國王。我往旁邊挪開身子，讓獨角獸可以靠近他，但是就在我把頭轉回去的時候，里爾國王已經走了。我九歲，快十歲了，當然看得出來一個人是不是走了。

獨角獸站在里爾國王的遺體旁，站了好久。過了一會兒，我離開那裡，走去坐在瑪爾卡旁邊，莫麗也走過來，坐下來陪我。只有史蒙客還跪在里爾國王身邊，對獨角獸說話。我聽不到他在講什麼，但從表情看得出來，他在拜託對方幫忙。媽媽都說，在我還沒開口之前，她總是看得出來我想做什麼。獨角獸當然沒有回答，我幾乎敢肯定，牠們也沒辦法說話。不過史蒙客還是一直拜託，直到獨角獸轉頭看著他。然後他就不再開口，而是站起來，獨自離開。獨角獸則待在原地。

這時候，莫麗正在稱讚瑪爾卡有多勇敢，對我說她從來不認識哪條狗敢攻擊獅鷲獸。她還問我瑪爾卡有沒有生過小狗，我回說有，可是不管哪隻都不是瑪爾卡。整個情況非常詭異：莫麗非常努力想讓我好過一點，我則努力想安慰她，因為我知道她沒辦法讓我好過一點。這段期間，我始終都覺得好冷，好像瑪爾卡走了以後，一切都離我好遠。我闔上瑪爾卡的眼睛，就像幫已經走了的人閉上眼睛那樣，然後我坐在那裡，輕輕摸著牠的身側，來回不停撫摸。

我沒察覺到那隻獨角獸。莫麗一定看到了，卻什麼也沒表示。我繼續輕輕撫摸瑪爾卡，直到那個獨角斜靠在我肩上，才抬起頭。在這麼近的距離下，可以看到角上有一圈圈閃亮的螺旋，上頭的血正在變乾，可是我並不害怕。畢竟我只是個無名小卒。接著，獨角獸用那支角非常輕柔地碰了一下瑪爾卡，就在我剛才撫摸牠的地方，然後瑪爾卡睜開了眼睛。

牠花了好一陣子，才發現原來自己還活著。而我花了比瑪爾卡還久的時間才明白。牠最先做的就是伸出舌頭，不斷喘氣，看上去渴得要命。我們可以聽到附近傳來小溪的流水聲，於是莫麗去找那條小溪，用雙手把水捧回來。瑪爾卡把那些水全舔光了，接著還想站起來，卻倒了下去，就像小狗一樣。但是牠不斷努力嘗試，終於能好好站穩，結果立刻就想舔我的臉，不過最初幾次都沒成功。等瑪爾卡終於舔到了我的臉，我才開始放聲大哭。

瑪爾卡看到獨角獸的時候，做了一件很好笑的事。牠盯著獨角獸一會兒，接著鞠躬，或者說行屈膝禮，當然是用狗的方式，也就是把前腳往前伸直，讓頭垂在兩腳之間。獨角獸用鼻子非常溫柔地碰了一下瑪爾卡，才不會又把牠撞倒。然後，獨角獸第一次好好看著我……或者該說是我第一次真的好好看著**她**，越過她的角、蹄和那充滿魔法的潔白身軀，直直看進那對無止境的雙眼。結果，獨角獸的眼睛不知道用了什麼方法，讓我從獅鷲獸那對可怕的眼睛中獲得解放。獅鷲獸死掉的時候，甚至是瑪爾卡復活的時候，我在那裡所體會到的那些糟糕感覺都沒有消失。不過，獨角獸的那雙眼睛裡藏著整個世界，那是我永遠沒機會見到的世界，但無所謂，因為我現在**已經**看到了，它非常漂亮，我也是其中的一部分。

當我想起潔安和羅里，以及我的費莉西塔——她也只能用眼睛說話，就像獨角獸——我想起的會是他們原本的樣子，而不是獅鷲獸。這些就是我和獨角獸看著彼此的時候，在我腦中的一切。

我沒看到獨角獸有沒有向莫麗和史蒙客道別，也沒看到她什麼時候離開。我不想和牠說再見。不過我聽到史蒙客說：「居然是狗。我唱到快要了我的命，就為了呼喚她來找里爾，從來沒有人像這樣呼喚過獨角獸，結果她竟然不是讓里爾起死回生，而是那隻狗。我還老是以為她沒有半點幽默感呢。」

但是莫麗說：「她也很愛里爾啊，所以才選擇放他走。你說話小聲點。」我原本想告訴她沒關係，因為我很清楚史蒙客是太難過才這麼說。不過莫麗走了過來，和我一起撫摸瑪爾卡，所以我什麼都不必說了。莫麗開口說：「我們現在會護送妳和瑪爾卡回家，兩位優秀的小姐值得擁有這樣的待遇。之後，我們也會帶里爾國王回家。」

「然後我就永遠不會再見到你們了，」我說：「就像我再也見不到他一樣。」

莫麗問我：「蘇茲，妳幾歲了？」

「九歲，」我說：「快十歲了，妳早就知道了啊。」

「妳會吹口哨嗎？」我點點頭。莫麗朝四周迅速看了一眼，好像準備要偷什麼東西。她彎下身來靠近我，低聲說道：「我要送妳一份禮物，蘇茲，但是要等妳滿十七歲那一天才能打開。到了那一天，妳必須出門，離開村子，而且要獨自一人離開，走到某個安靜的地方，對妳來說很特別的地方。然後，妳必須像我這樣吹口哨。」她吹了一小段旋律給我聽，要我也吹給她聽，一直反覆吹，直到我吹得和她一模一樣才滿意。「之後就別再吹了。」她對我說：「別再大聲吹出來，連一次都不行，要等到妳十七歲生日才能吹。不過在那之前，要一直在心中把旋律吹出來。蘇茲，妳知道其中的差別吧？」

「我又不是小嬰兒。」我說：「我知道了。那我吹口哨後，會發生什麼事？」

莫麗對我微微一笑，開口說：「有人會來找妳。也許是全世界最偉大的魔法師，也許只是某位老太太，特別偏愛有勇無謀的小孩。」她用手捧起我的臉頰，「甚至可能是一隻獨角獸，蘇茲，因為美好的事物總是會想再見妳一面，也會留心去聽妳是不是吹了口哨。老太太我向妳保證，一定會有人來。」

他們把里爾國王放到他原本騎的黑馬上，我則和史蒙客騎同一匹馬。兩人都陪我一路騎回家，把我送到家門口，並告訴我爸媽，獅鷲獸已經死了，我也幫了忙，他們說出這句話的時候，你們真該看看威爾弗的表情有多驚訝！最後，兩人輪流擁抱我，莫麗還在我耳邊說：「記住，要等妳滿十七歲！」然後，他們就騎馬離去，把里爾國王帶回城堡，讓他能和他的子民葬在同一個地方。而我呢，喝完一杯冷牛奶後，便跟著瑪爾卡和爸爸出門，把羊群趕回柵欄裡過夜。

以上這些就是發生在我身上的故事。我隨時都在腦中反覆練習莫麗教我的那段旋律，有時候甚至晚上還會夢到，可是我從來沒有大聲吹出來。我會對瑪爾卡說起這段冒險故事，因為我非得找誰講一下才行。我也向牠保證，等時候到了，一定會讓牠陪我去那個我早就選好的特別地點。瑪爾卡到時當然早就變成老太太狗了，但是沒關係，一定會有人來找我們兩個的。

我希望會是他們，就是那兩個人。要是來的是獨角獸也非常棒，不過他們兩人是我的朋友。我想要再讓莫麗緊緊抱住我，聽她講那些之前沒時間告訴我的故事，也想聽聽史蒙客再唱那首蠢歌：

小蘇茲啊，小蘇茲啊，

講起話來亂七八糟啊，
打擾我放鬆的時光啊。
小蘇茲啊，小蘇茲啊，
妳願不願意成為啊
我的那個小乖乖蘇茲啊……？
我會耐心等。

蘇茲

獻給我的妮爾（Nell）

「滿懷著

為人所知卻無人理解的愛……」

第一章

在我十七歲生日那一天，瑪爾卡一早就爬上我的床，舔我的臉。

對瑪爾卡來說，這一連串動作其實很困難，因為牠現在已經年紀非常大了，後腿幾乎動不了。我哥威爾弗在上一個小偷日結婚後，為了住在他太太娘家附近，已經搬去甘姆拉吉，從此我就一直睡在我們家樓下。媽媽想讓瑪爾卡睡在廚房，因為牠開始散發異味，但是我無法接受。在我看來，瑪爾卡就和獨角獸一樣漂亮，而我可是見過真正的獨角獸。

瑪爾卡也見過。之前牠為了保護我，被獅鷲獸殺死，最後讓牠起死回生的就是一隻獨角獸。真要說的話，其實是魔法師喚來了那隻獨角獸，她才出現，把獅鷲獸踩個稀巴爛，只剩下一堆碎屑、粉末、鐵羽毛……然後，她用頭上的角碰了瑪爾卡一下，就離開了。我永遠忘不了那隻獨角獸是多麼美麗高貴，又是多麼可怕，甚至遠比獅鷲獸還嚇人。不過，我更忘不了的是她為瑪爾卡帶來的奇蹟：瑪爾卡搖搖晃晃地想站好，倒下去又繼續站起來，不久後還把莫麗．格魯捧著的水舔光。**莫麗．格魯……**

這天早上，瑪爾卡過來叫我，是要提醒我今天不只是我的生日，還是我應該要獨自去某個地方吹口哨的日子。莫麗當初就是這麼交代我的。

莫麗不是魔法師，史蒙客才是；她也不像獨角獸那樣，全身散發出魔法的光輝。她就只是莫麗，是個每次暴風雨來襲時，腳趾頭都會發疼的普通人。而我很愛她。雖然自從我們與獅鷲獸對決後，我就再也沒見過她了，不過道別的時候，她給了我一個擁抱，並教會我一首歌。其實不算是歌，只是一小段有點蠢的旋律。她當時一而再、再而三要我**反覆**吹這個口哨，直到它就像我的名字一樣，成為我身上的一部分。她還告訴我，當我吹出這段旋律，就會**有人**來找我。

我希望那個人會是莫麗，或是史蒙客，但莫麗說過，她完全不曉得對方會是誰。她只交代我，吹口哨的時候必須獨自一個人，連瑪爾卡也不能在場，而且我絕對不能害怕。「妳大概也不會害怕吧。」她這麼補了一句，眼神帶有一絲竊笑，在那之後，我從來沒有看過誰流露出這種眼神。「敢朝獅鷲獸丟石頭的小女生？不太可能會害怕吧？」她親了我一下，便騎著馬和史蒙客離開了。我和瑪爾卡目送他們消失在視線外。

於是，吃完早餐後，媽媽去市集，我和爸爸則到牧場，查看晚上有沒有小羊出生。綿羊生小寶寶都有固定的時期，前後不會相差太多天，正好這個時期再過不久就要到了；但是山羊和綿羊不一樣，什麼時候想生就生，連**地點**也隨牠們挑。山羊在這方面很像母雞，所以我們必須沿著牠們的足跡，翻遍各種草叢、樹叢、灌木叢，才能在簡直無法相信會有動物想得到的地方，找到被藏起來的小寶寶。比起綿羊，我其實比較喜歡山羊，可是牠們真的很難搞。

我們找到了三隻剛出生的山羊寶寶，都很健康，準備自己哺育小孩的山羊媽媽把牠們照顧得很好，真是幫了大忙。我輪流抱起並撫摸每隻小山羊，讓牠們下次能認出我，爸爸則在一旁用他專屬的蠟筆在牠們身上做記號，好讓他下次能認出牠們。打從我有記憶以來，我們一直都是這麼做。

我實在不想為了去見那個應該要見的人，就離開瑪爾卡。我原本怕牠會發出哀鳴，亂叫一通，然後想辦法跟著我，拖著不再靈活的後腿，能走多遠就走多遠。不過牠似乎明白我必須自己一個人去完成這件事，於是垂下頭，目送我離去。瑪爾卡有時候就是這麼精明。

也許牠表現得那麼平靜，是因為知道我要去哪裡。我們還小的時候，老是去那裡玩耍和捉迷藏，媽媽都把那裡叫做「蘇茲森林」，愚蠢的安伯斯叔叔也這樣叫，可是就只有他們兩個而已。那裡絕對不是什麼森林，只是一個陽光充足的地方，樹木長滿苔蘚，鳥兒啾啾亂叫，還有一條小溪，水聲吵到連魚都待不下去。瑪爾卡以前會在那裡獵兔子，我則在我們最喜歡的那塊空地上，整個人縮成一團，對自己講故事。有時候我曬著陽光，聽著潺潺水聲，不知不覺就睡著了，但是瑪爾卡每次都會在天黑前叫醒我。我們倆也都知道回家之路要怎麼走。

在這座樹林遠處的盡頭，有個像是坑洞的地方，就算認真找，也未必能找到。我一向覺得那裡是屬於我的特別地點，卻說不出個所以然來。待在那裡多半都很舒服，就算到了冬天也是如此，而且只要天氣變冷，瑪爾卡就會躺在我胸口上，我們一起做夢。我猜瑪爾卡會做牠的狗狗夢，因為牠身體在睡夢中老是亂抽動。我還記得自己夢到媽媽對追著綿羊跑的野狼唱搖籃曲……只不過野狼有時候是在保護綿羊，讓我整個人被搞糊塗了。有一次，我竟然夢到我哥威爾弗變成狼飛走了；另一次，換我變成醜不啦嘰的大鳥，飛著飛著卻一直從天空摔下來；還有一次……不管怎樣，我每次醒來，都感覺到瑪爾卡在用鼻子磨蹭我的臉，所以沒關係。這就是家給人的安心感。

然而，這次不一樣了。這次出現的是潔妮亞。

那時候，我還不曉得她的名字。我以為她只是另一個夢的一部分……當時的我按照莫麗當初在獅鷲獸被踩爛的屍體旁，教會我的那段旋律，分毫不差地吹了出來，真的是一模一樣，吹完了正拚命想保持清醒。不過，今天我怎麼吹就是不對，直到我找到通往那個坑洞的路才成功。我先前也說過，它未必都會出現在那裡……但這次確實在，我也順利找到，於是姊姊來找我了。而她就出現在那裡，半個人被一塊高處巨石投下的影子遮住，看上去很模糊，不太像是真人，但是那灰到極點的雙眼和那捲到不行的頭髮，卻證明了她不是幻覺。我家每個人都擁有像她那樣的灰眼睛，連威爾弗也是。

「我是蘇茲，妳是誰？」我很慶幸還記得自己叫什麼，因為不是每次在夢裡都記得。我又說了一遍：「拜託，我叫蘇茲。」

她回答我了。她告訴我她叫什麼，可是我聽不到聲音，雖然我看到她嘴唇確實在動。她再次告訴我她的名字，但我還是聽不出來。我想說自己沒沮喪得像小嬰兒一樣放聲尖叫啦，但事實上可能真的這麼做了。我還挺瞭解自己的。

然後她就消失了。我回過神來，覺得非常冷，還發現自己在哭，因為我好想要瑪爾卡陪著我。或是媽媽，就算是愚蠢的安伯斯叔叔也行……一個不論在我清醒時或睡夢中，都知道我是誰的人。我不記得自己是怎麼回到家的。

那時候，媽媽已經從市集回來了。她不曉得莫麗向我保證過的事，但是我一直認為爸爸可能知道什麼。媽媽直視著我問說：「發生了什麼事？妳沒事吧？」

我說：「我有姊姊嗎？」

媽媽沒有回答。她只是繼續看著我。我又問了一遍：「我有一個姊姊，對不對？她叫什麼？」

「我得叫妳爸來。」媽媽說。她走到門邊，把正在餵豬吃飼料的爸爸叫進來。我討厭那些豬，討厭牠們吃東西時發出的聲音，也討厭牠們知道自己要被屠宰時發出的叫聲。爸爸聽出媽媽叫他的語氣有點不尋常，於是急忙趕回家裡。他連中途停下來洗個手也沒有，就默默站在門口，照例先搜尋我的身影。

自從獅鷲獸出現、開始吃小孩後，爸爸對我的態度就有所不同，即便那已經是八年前的事了。他一定要知道我平安待在家裡，才有辦法安心上床睡覺，而且幾乎每一晚都會醒來兩三次，就為了確認我沒有偷偷溜走，像我那次半夜溜出家門，跑去找國王一樣。媽媽勉強能忍受他這樣操心，但我很清楚，這是威爾弗結婚後就搬出去的原因之一。我並不怪他。

「她知道潔妮亞的事了。」媽媽說：「我認為要告訴她來龍去脈的人，應該是你才對。」

爸爸平時是個勇敢的人，在媽媽眼裡可能有點太勇敢了，但是他聽完媽媽的話後，臉色居然頓時發白。他不發一語，只是盯著我，而且肯定看了很久，因為我還記得那些豬發出叫聲，邊吵邊吃飼料，時鐘也不斷滴答作響。媽媽說：「烏菲，我們沒辦法再瞞著她了。現在就告訴她吧。」

「蘇茲，」爸爸開口說，然後好一陣子，什麼話也說不出來。他在曾經是威爾弗專用的椅子上坐下來，揉眼睛揉個不停，最後才又看向我。他開口說：「她的名字……我們以前叫她潔妮亞。」

「她**現在**也是潔妮亞。」我說：「我看到她了。我就只知道她的名字和長相。我為什麼只知道這兩件事？」我腦中突然冒出一個非常討厭的想法。「威爾弗知道關於她的事嗎？」但在爸媽同時搖頭之前，我心裡就曉得答案了。要是威爾弗知道關於我們家的祕密，我卻不知道，他是絕不可能放過這個對我大肆炫耀的機會的。

「她當時四歲，才四歲半。」爸爸的聲音相當清楚，卻壓得非常低，幾乎是在喃喃自語，「妳媽媽那時候懷著威爾弗，肚子大到很難到戶外做體力活，所以幾乎整天都是我在負責照顧潔妮亞。我對這件事並沒有……沒有很在意。」

他稍微停頓了一下，才繼續說下去。「我時時刻刻都得注意她的安全，因為她好奇心實在太旺盛了，動作也好快。但她從來沒有讓自己陷入真正的危險，對動物也很有一套。從她離開搖籃的第一天起，就算她在餵飼料的時候掉進豬圈，那些豬大概也會跑過去接住她，拍掉她身上的灰塵，確保她沒受傷。這世上沒有任何動物、任何人、任何事物會傷害她，從一開始就是如此，從一開始……」

爸爸眼眶紅了，但是沒哭。他不想讓自己哭出來的時候，眼睛就會變成這樣。我也像他一樣壓低音量，小聲問說：「她發生了什麼事？」

這時，媽媽開口了，聲音出乎意料地尖銳，「讓妳爸好好講，這是他的故事，因為我當時不在場。」她的聲音帶有某種口吻，我沒辦法確切形容——不完全是憤怒，更像是疲倦到了極點。我從來沒聽過媽媽用這種口吻說話。

爸爸清了一下喉嚨，準備要說「他們把她帶走了」，卻老是卡在第一個字，於是只好重新來過。最後，他終於說：「他們把她帶走了。夢人把她帶走了。她跟著夢人走了。」

夢人……**妖精**……**他者**……**善心族**……自從我年紀和潔妮亞當年被帶走時一樣大以來，就聽過各種類似的別稱，大家都是這樣稱呼那些有如鬼影般的人：他們只有在想讓人看到的時候才會現身，然後就消失在視線範圍外。小孩子看得到他們。我說：「夢人。」

「潔妮亞都是這麼叫他們的。」爸爸說：「我的確有好幾次都把她看丟了，不過都是短短幾個片刻——我敢**發誓**，真的只是一會兒而已——然後她總是會笑著跑回來，告訴我她剛跑去跟出現在夢裡的人一起玩了。她說那些人唱了一堆蠢歌，逗她發笑。她唱過其中一首一兩次給我聽。」

他不斷清喉嚨，聽得真讓我心痛。我準備要問爸爸關於那些歌的時候，他已經繼續往下說了。「小孩子……老是喜歡想像不存在的朋友或玩伴，威爾弗就有過一個幻想的朋友，叫小水坑，妳應該不記得有這回事吧？」我搖搖頭，爸爸看上去似乎在微笑。「妳出生後，威爾弗喜歡小水坑的程度遠超過妳。他花了很長一段時間，才真的把妳當成是人。但那時候，潔妮亞早就……不見了，他從來不……」

爸爸的目光越過我和媽媽，望向遠方，用力扭絞著雙手。我聽得到那些手指正喀喀作響。「你從來沒告訴過他。」我說：「你從來沒告訴過任何人。」爸爸閉上雙眼。我問說：「那些夢人……你有親眼看過他們嗎？他們就這樣帶走她？他們做了什……？」我問到一半就住口了，因為爸爸正在哭。

他沒發出半點聲響。他每次哭都這樣安安靜靜。媽媽沒有別過頭，但是我轉頭了。瑪爾卡推擠我的腿，輕輕嗚咽一聲。我都忘記她還在那裡了。我走向爸爸，把手放在他肩上，感覺到他全身都努力想恢復正常呼吸。爸爸很討厭像這樣讓自己失控。

「我只看過他們一次，就是潔妮亞最後還在的那一天。當時是黃昏，我才剛把水井上不斷新長出來的松鼠草清乾淨。妳也知道，那種黃色寄生植物一旦進入負責供水的水源裡，就永遠別想除掉了。」他輪流看著我們，像是要我們同意他說的話。「所以我其實沒留意……沒有好好注意她，就那麼一瞬間……然後我聽到她在大笑，就像她平常那樣……」

這時候，媽媽頭一次屏住了呼吸。要是沒有剛好在這個瞬間仔細聆聽，恐怕根本不會發現。媽媽她……並不像爸爸那麼堅強，也沒那麼堅毅或頑強，完全不是那種人。媽媽痛苦的時候，會離開去其他地方，爸爸則會待在原地承受。我還是不確定自己比較像他們哪一個。

爸爸說：「於是我轉過身，內心很高興也鬆了一口氣，因為我曉得自己剛才讓她跑到視線範圍外了。不過她還是回來了，跟往常一樣，所以沒事了。我會把她抱起來，放在肩膀上，一起回家吃晚餐。然後，我看到她，就在山羊小徑旁的那一小塊野草地盡頭，在長得很高的草叢裡，和他們在一起。」

他的聲音沒有變化或哽咽，這些剛才都出現過，不會再發生了。爸爸說：「他們看上去身形偏小，但不是地精或精靈那種生物，完全不是。他們比她……比潔妮亞還高，身上全穿著像……像是**羽毛**的衣服，還是很漂亮的**羽毛**。潔妮亞和他們在一起，看起來好快樂，就算我站得那麼遠也看得出來。她不斷朝他們的懷裡跳過去，他們則抓著她的手晃來晃去，上下擺動……就像妳以前總是很喜歡我們做的那個動作，妳記得嗎？妳還會一邊縮起腳，一邊咯咯笑。」

我點了點頭。爸爸說：「我叫她過來，一直叫到破音……叫到跪倒在地上，一直大喊她的名字。她回過頭，笑著對我揮手……而那些他者、那些夢人，管他們到底叫什麼，他們這時候才第一次看著我，然後立刻圍住她，像一整面盾牌牆似的面向我。其實應該說是一整片羽毛才對……既漂亮又耀眼，閃閃發光的羽毛……從他們中間傳來的是我女兒快樂無比的笑聲。他們就這樣帶著她跑掉，逃往河川的方向，所以我沒辦法繼續追下去。」過了一會兒，他補了一句，語氣沒有半點起伏，「或者說我不想追下去。」

他沒有看著媽媽，不過我轉頭看她，聽到了他們在這十七年間，也就是我這輩子，他們原本可能會一而再、再而三對彼此說的每句話，直到無話可說，並領悟到生活還是得繼續過下去才行。爸爸非常輕聲地說：「於是到最後，我還是得走回家，告訴妳媽媽，潔妮亞不見了。」他說完，直視著我，這是他回家後第一次看著我的臉，並補充說：「自那天起，我每一天、甚至每個片刻，都想著要尋死。」

我說什麼都是白說，只好開口提問，即便我早就知道會得到什麼答案了。「你們真的再也沒見過她了？一次也沒有？」

爸爸搖了搖頭。最後打破屋內這種尷尬沉默的人是媽媽，這是她斥責我不該打斷爸爸後第一次出聲。「我有好幾個月都會夢到她……好幾年……非常確定她是在大聲呼喚我，還努力想伸手抓住我。現在，我已經不再夢到她了。」

「但是我**看到**她了。」我說：「莫麗．格魯說過有人會在我十七歲生日的時候來找我，她也真的來了──還對我**說話**。」我輪流看著他們，覺得自己好像又回到小時候，拚命想說服媽媽，那隻巨大的老山羊迪西斯會在牠有心情時和我聊天。「她說了她的名字兩次，但我還是聽不出來叫什麼，不過她就是在對我說話，所以我得去找她！」

聽到我這番話，爸爸突然站了起來。我還以為當下再也沒有任何事能讓他有動力起身了。「不行，妳**不准**！」最後兩個字他是用吼的，但也只有這兩個字，接下來從他嘴巴冒出來的話，不只語氣單調，更是冷淡空洞，「光是一個女兒跟著那些……

那些夢人走……已經讓我們失去太多了。我才不要冒著失去妳的風險——我不准妳……」媽媽把手放在他手臂上，可是爸爸下意識甩開了。他說：「他們帶走了她……他們不能連妳也奪走。就算我必須把妳拴在房間裡，我也不會讓他們……」

這次，爸爸住口後，感覺好像再也開不了口了。他的身體終究還是占了上風，他是真的用盡了所有的力氣。媽媽溫柔無比地說：「她才九歲的時候，你就沒辦法阻止她獨自一人去找國王了。」爸爸沒有回應。媽媽轉頭看我，只開口說：「小羊生產季節結束後再出發。而且要走的時候，也別跟妳爸說。」然後，她就進廚房忙著剝洋蔥。

第二章

事實上，等我真的動身出發去尋找姊姊，小羊的生產季節早就過了很久了。九歲的時候，也就是我當年決心要帶里爾國王回村子和獅鷲獸決鬥的年紀，不管是其他人，還是他們的心情、需求、傷痛，一個九歲的孩子幾乎都沒什麼感覺，不像十七歲的時候那麼真實。而現在，我已經太瞭解失去潔妮亞這件事，對爸媽造成了多大影響，所以完全不難想像，萬一我再也沒辦法回到他們身邊，他們下半輩子會有多難受。不過，我當然就和九歲那時候一樣，很有把握我一定會回家，還是凱旋而歸，手上牽著他們這麼多年來，盡可能不去想也不去談、彷彿她從未出生過的那個女兒。許多夜晚，我都是在心中想像這個皆大歡喜的場面，慢慢入睡。

是啦，但萬一不是如此呢？我只有自己一個人，沒有里爾、史蒙客或莫麗陪著我，而且也沒有瑪爾卡——我的瑪爾卡這輩子可是從來沒讓我遇過壞事。要是潔妮亞那些可怕的羽毛衣夢人抓到我，再也不放我們回家呢？**到時候，我該怎麼辦**？這不是九歲小孩會想到的事，但是不管我晚上睡得好不好，每天早上醒來一定都會想到這個問題。**我究竟能做些什麼**？

現在仔細想想，說真的，我當初可能找到了一個非常充分的理由，可以選擇不去，但瑪爾卡最終替我做了決定。牠死了。

瑪爾卡沒有生病，也從沒生過病，出生後就一直健康得要命。牠就只是老了……但是牠不可能有那麼老，老到會死，**絕對**不可能。瑪爾卡不可能是在我床上死去，不可能在斷氣之前，還把鼻子鑽到我的手臂下，緊靠著我，維持牠這些年來的一貫睡姿。我抱著瑪爾卡好一陣子——這是牠第二次死了，而且是真的永遠死了。但我沒哭，當下沒哭，是後來媽媽抱著我的時候，淚水才湧了出來。然後，媽媽用輕柔到我差點沒聽清楚的聲音說：「妳現在可以出發了。」

就算她這麼說，事情也沒那麼簡單。我把瑪爾卡埋在蘇茲森林，那個我們曾一同歡笑的地方。我幾乎每天下午都會回去那裡，就為了坐下來對牠說說話。我有時甚至還會唱歌，因為以前每次我隨便亂編一首短短的蠢歌，瑪爾卡總是聽得很開心。我不得不走的時候，都會對牠說：「現在好好睡吧，瑪爾卡。睡吧，乖女孩，早上見了。」我也說到做到，幾乎每天早上都去看牠。

不過，姊姊又來找我了。而這一次，爸爸也看見她了。

爸爸有時會自己一個人來探望瑪爾卡的墳墓。我還記得看到他站在樹蔭下，沒有開口，只是默默看著我陪在瑪爾卡身邊。我從來不介意他出現，也從來不覺得他打擾到我的這段特別時光。瑪爾卡的確是我的狗，但我們都是牠的家人。要是知道爸爸來探望，牠一定會很高興。

潔妮亞第二次現身的時候，第一個看到她的人就是爸爸。潔妮亞跪在溪邊。她這次背後襯著野花，比起上次被巨石的陰影遮住，身影顯得更清晰了。就我看來，她似乎正把手伸進小溪，或者該說她試著要這麼做，因為溪水顯然根本碰不到她的手指，而是直接流過去。然後，她抬起頭，直直看著我們，那一臉悲傷的表情使我站了起來，呼喚她的名字。不過，先開口叫她的人是爸爸。

我不願去回想爸爸當時的語氣。

爸爸叫她「小潔妮」。媽媽後來告訴我，他是唯一會那樣叫她的人。

我不曉得她到底有沒有聽到我們在叫她，但是一直都確信她一定有看到我們。她舉起手，伸向我們——就我看來，她是想要伸手**碰觸**我們——然後她再次消失，無聲無息，連個腳印也沒留下，也沒踩斷任何樹枝。我和爸爸彼此對望了好久，才有人開口打破沉默。

「我就知道她一定還活著。」爸爸低聲說，「我不……我有時候並不希望是這樣，因為我**害怕**，但我心裡一直都很清楚……」

我盯著他，問說：「害怕她會回來？我不懂。」

爸爸好不容易才把話擠出來回答我：「妳沒看到她跟……他們離開的時候，是什麼樣子。她看起來非常**快樂**，完全樂在其中，好像那些人才是她的歸屬……好像她那短短一生，就為了等他們出現，然後他們終於來接她了。萬一真的是這樣呢……要是我們當初擁有她，其實是莫名其妙搞錯了呢？都過了那麼多年了，我有時候晚上還是會躺著睡不著……**想著**……」

我知道這些故事，說這些妖精或善心族會擄走人類嬰兒，當成自己的小孩來養。我大聲說：「**不**！不，我才不信！她是你的孩子，是**我們**的家人。她正努力想辦法回到我們身邊，我要去找她。就算必須把她帶離他們身邊，我也一定會這麼做！」我本來沒打算這樣全說出來，這些話卻一股腦兒從我口中冒出來，不過我想這個想法恐怕早就存在我心中了。我說：「我一定會！而且明天就出發！」

我原本沒打算說這些的，但反正都無所謂了。不管她現在可能變成什麼樣子，都是真實存在的人。她就是潔妮亞，是我的姊姊。

出乎我意料的是，爸爸完全沒有跟我爭論或表示反對。現在回想起來，他肯定早就和媽媽徹底討論過這件事了，包括他可能說的每句話、我可能會如何回嘴，每晚都在思考。結果現在，我們兩個站在瑪爾卡的墳前，什麼爭論都沒必要了。

比起九歲那時在半夜溜去見國王之前，我這次的準備要更實際一點：一條毛毯、一條備用的緊身羊毛長褲、幾雙長襪（上次我根本沒想到要帶這些衣物）、一些肉乾和水果乾，以及我能輕鬆攜帶、容量最大的水壺。此外，這也是我第一次帶了把小刀。它不是什麼魔法劍，甚至稱不上是精緻的匕首，就只是爸爸第二好的綿羊閹割刀。除了確保整個羊群只會有一隻公羊的基本功能外，他還會拿這把小刀做各種事。這把刀比媽媽的編織棒針還短，握在我手裡，簡直像斧頭一樣笨重，但握起來的感覺也很不錯。我從未有過屬於自己的小刀，也從未開口拜託爸爸允許我帶它上路。不過，他肯定知道我帶走了，因為在我出發前一晚，我們談話的時候，那把小刀就放在我床上，映著燈光，散發出暗淡的光芒。爸爸看了看那把刀，卻始終沒有伸手拿走。

我到現在都還記得那次臨別的對話，每個字都一清二楚。爸爸坐在一旁看我收拾好行李。雖然要帶的東西不多，我還是猶豫不決，闔上背包後，又決定要帶另一個鍋子，或是換掉漂亮的鹿皮靴，改帶更耐穿的靴子。我真的打包完了，他才開口問我：「妳知道我最害怕什麼嗎？」

我轉過身去，等他回答。爸爸說：「不是妳找不到她，也不是她不會回到我們身邊。妳可是我勇敢的女兒，我也相信妳一定會帶她平安回家。」他將雙手交握在身前，十指緊扣。「但是關於善心族，有個古老的傳說。」

「就是你一定要用善心族這個名字來稱呼，以免他們就在附近，聽到有人在叫他們。是啊，我知道這件事。」

「不，還有……還有一個更古老的故事。」爸爸站了起來，抓住我的肩膀，力道其實很輕，但是我能從他的雙手感覺到他內心的痛苦。他說：「蘇茲……善心族每次帶走什麼，就一定會拿什麼來替換，毫無例外。偷一個男孩，就還一個男孩。而偷一個女孩……」

我能感覺到自己的指尖和髮根正在慢慢變冷。我說：「她不見的時候，威爾弗還沒出生啊。」

「然後，妳來到了我們身邊。」爸爸抓著我肩膀的手開始用力。「我們真的非常愛妳，就算妳……」他第一次別過了頭。

「就算我怎樣？」恐懼讓我突然生起氣來，「**就算我怎樣？**」

爸爸舔了一下變乾的嘴唇，動了動嘴巴。他說：「根據最古老的故事，善心族之所以會偷人類小孩，是因為他們沒有自己的小孩——他們**生不出來**。但是他們一向小心翼翼，每次都不會忘記要留下……替代的小孩，因為不這麼做的話，人類就會心生警覺，決定追殺他們。蘇茲，妳理解我說的話嗎？」

我理解了，同時卻也不想理解。我說：「但是他們沒有留下代替潔妮亞的小孩啊。」

「確實沒有，也許是因為，她是自願跟他們走的，是她自己決定這麼做的，我也不曉得。他們自有一套行事原則和理由，還有他們自己的幽默感。後來，威爾弗出生了，我們也有其他事要煩惱。可是我們從來沒有忘記我們的長女——從來沒有——不過就跟大家一樣，我們也學會要接受失去她這件事，繼續過日子。」他放開我的肩膀，雙眼卻依然懇求著要我理解。他說：「然後**妳**……」

「然後**我**就出生了。」小時候，我總是要爸媽一遍又一遍告訴我，我是如何來到這個世界、來到他們身邊。我最喜歡爸爸講的版本，因為他每次都會多加一些新細節。就算我沒注意到他改變了講故事的語氣，或是媽媽有多常問我，是不是想聽點別的故事，換一下口味，這個故事依舊是我的最愛……尤其是那個我可以插嘴宣布的橋段：「然後**我**就出生了！」除非我睡得不省人事，否則我從來沒有錯過說出這句話的機會，即便如此……

「蘇茲，」爸爸說：「蘇茲。」

我從來沒有那麼害怕過，我現在敢如此斷言了。

「妳不是我們生的小孩。」我開始從他身邊往後退，想要逃跑，但是爸爸緊緊抱住我，力道大得幾乎快把我壓扁了。「蘇茲，我們……我們找到了妳。」

「找到了我？」我只能喃喃說出這句話，因為喉嚨感覺像剛吞下玻璃，正在流血。「在哪裡找到的？你們家門口嗎？那不是失蹤的公主通常會出現的地方嗎？也許我就是被遺棄的公主，被丟給一家鄉下人來養。」我看得出來這番話傷到他了。我故意的。

但不可思議的是，爸爸居然露出笑容，表情雖然難過，卻又像是想起了什麼愉快的回憶。「瑪爾卡，」他輕聲說：「牠那時候幾乎跟妳一樣小，還在喝奶。從瑪爾卡的樣子來看，牠以前一定是獨占媽媽的孩子，可能是其他小狗還沒出生，就在媽媽肚子裡死掉了，這種事在所難免。不過瑪爾卡當時很堅強，也餓得要命，甚至跟妳一樣沒辦法走路，卻已經幾乎能張開眼睛了……所以，牠最先看到的就是妳。」他擠出一聲輕笑，顯然希望我也能和他一起笑出聲。「因為妳當時和牠一起躺在籃子裡，睡得很熟，就連我們把妳們帶進屋裡的時候，妳們這兩個小東西也始終沒醒。從那時起，妳們就一直生活在這裡了。」

他原本希望把這個故事講得像以前那些床邊故事一樣，但顯然已經在我眼中看到結局了。我開口的時候，聽起來像另一個人在回應他：「把我放進籃子裡的人就是他們，對不對？把那個小小的替代嬰兒裹好放進去，讓她覺得安全又溫暖，還有可愛的小狗陪著她，然後就溜之大吉——交換完成，這樣就結束了。」我渾身發抖，沒辦法好好說出真正想講的話。「他們拿我來交換我姊姊。」

「我們從來沒這麼想過——絕對沒有！蘇茲，妳一定要相信我！真的，光是能擁有妳，我們就非常感激了，所以從來不去質疑、從來不去多想，只認為這是命運看我們可憐才——」

我沒讓他把話說完。「是喔，也許你們總該要質疑一下吧，問問我到底是從哪來的？」他的臉頓時一片慘白。我繼續說：「如果他們沒辦法生小孩，那又是怎麼……怎麼把我製造出來的？我真的是石頭嗎？還是樹？或是魚？還是椅子，就像威爾弗的那張椅子？或是鞋子？」我使勁扭著身體想掙脫，他卻還是努力抓著我不放。「你要是愛我，就告訴我，我到底是什麼！我究竟是誰！」

他示意要我安靜下來，朝門口點了一下頭，表示不希望我把媽媽吵醒。我才不管，繼續對他大吼說：「你知道，你一定知道！我才不信你不知道！告訴我！」

我覺得那時候是我們倆這輩子第一次也是唯一一次，發現爸爸居然怕我。我當時也很怕自己，畢竟那個我正氣到全身發抖，連話也講不清。現在回想起來，我很驚訝自己居然沒哭，真的一次也沒有。照理說，我應該要哭出來才對。

「善心族，」爸爸用毫無起伏的語氣輕聲說：「他們帶走小孩的時候，會留下替代的某個東西，可能是一隻貓……一隻豬……一塊木頭……」

「一塊木頭。」我說。我最後一次闔上背包，下床站好。「你瞧，一塊木頭就站在這裡，他們甚至還附送一隻剛出生的小狗。」在他的注視下，我奮力和我那件最好的斗篷纏鬥，想把它穿好。「仔細想想，這交易還挺划算的啊。」

我到現在還是很後悔，當我走出這間已經住了一輩子的家，竟然沒有回頭看他一眼。我應該要回頭的。當時沒有轉頭這件事，至今依然讓我心痛。

爸爸沒有跟在我身後。也許我期望他會這麼做，也許他期望我會在門口停下腳步，轉過身來。最後，我只記得自己在半夜摸黑出發，走過羊舍，又經過豬圈，那些昏昏欲睡的豬噴著鼻息，就這樣看著我走過去。接著，我走過那棵曾和威爾弗一起爬過的巨大老胡桃樹，他那時候心血來潮，願意和年紀還小的妹妹比賽誰先爬到最頂端的樹枝。然後，我經過位於低垂樹枝下的狐狸窩，我以前還得向瑪爾卡反覆解釋，牠尤其不該去打擾那個特別的小家族。隨後，我經過一小片野生樹林：馬可斯．曼摩斯在那裡親了我，而我甩了他一巴掌。反正我不後悔打了他，因為他聞起來就像他爸爸的鹹魚店，大家都知道那家店賣的東西不只廉價，也早就快爛了。他兒子的吻也半斤八兩。

第三章

那一晚，我一直奔跑，從未停下腳步。有時候，我腳被絆了一下，不得不慢下來，變成跌跌撞撞的快走，感覺到背包在肩胛骨之間不斷亂彈，但是整晚大部分的時間，我都一直在往前衝，希望天亮後，就能跑到只有善心族才能認出被變成木頭的女子的國度。這樣亂跑根本蠢到極點，因為這一帶養羊和生產乳製品的農家都認識我們家的人，我恐怕還得跑更久、跑更遠，才能遇到不記得我是怎麼學會走路的人。最後，我終於多少恢復了理智，停下來坐在石頭上喘口氣，確認自己現在究竟在哪裡。

我究竟打算去哪裡？現在可不像九歲的時候，還那麼幸運能遇到史蒙客和莫麗，請他們帶我去見國王。我完全不曉得潔妮亞姊姊現在可能身在何方，也不曉得……她現在可能**過得如何**，畢竟她是和偷走她的那些人在一起，前提是她真的是被他們給偷走了。我只能假設她知道我在努力找她，她也一定想助我一臂之力，要不然她為什麼之前會主動現身，不只出現在我面前，甚至讓爸爸也看到她呢？一想到爸爸，還有我是怎麼向他道別的，我肚子就痛了起來，只好想點別的事情。

我很好奇，要是她知道來救自己的人是替代她的妹妹，與她既沒有血緣關係，連物種都不一樣，可能會作何感想。這也讓我很好奇，一塊木頭到底能不能獲得人類的心。我把手放在胸口上，幾乎敢肯定自己感覺到有一股平凡的生命力就在那裡鼓動著。但是，我再也不曉得這個鼓動究竟代表什麼了。

最後，我不再胡思亂想，從背包裡取出爸爸的小刀，放在手背上，讓它保持平衡。就小刀唯一的用途來說，整體結構其實打造得很精緻，有種我以前從沒注意到的優雅。在晨光下，我翻來覆去把玩著那把刀好久。最後，我大聲對姊姊開口——對著潔妮亞這麼說。

「妳要是聽得到我的話，就幫幫我吧。我等下會把這把小刀扔向空中，不管它最後掉在那裡，我都會沿著刀身指向的那條路走下去。我會不斷反覆這麼做，要花多久我都甘願，直到找到妳為止。要是妳聽得到我，現在就幫幫我吧。」說完，我把小刀往上一拋。

小刀在空中轉啊轉，映著曙光，閃閃發亮，似乎永遠不會掉下來。等它終於掉到距離我坐的那顆石頭幾步之遙的地方，我立刻衝過去，發現刀尖指向左邊，是一條我先前看漏的雜草叢生窄路。我迅速環顧四周，撿起小刀，用靴子擦乾淨，接著深吸一口氣，沿著那條窄路出發，邊走邊把藤蔓和小樹枝撥開，直到一塊沒有形狀的空地，看不出可以繼續往哪個方向前進。於是，我又扔了一次爸爸的那把小刀。它這次從樹上彈開，短暫消失在纏成一團的有刺灌木叢裡，害我很慌張。等我終於找到小刀，卻看到刀身叫我直接往剛才那條小徑走回去，我一路像山羊那樣低著頭，硬是擠過那些雜草和灌木。總共花了我一小時。

不過沒關係，因為我又見到她了，我的潔妮亞姊姊。

這一次，她是在黃昏時刻出現在我面前。那一天，我經過的地方簡直比午林還要更原始荒蕪——雖然獅鷲獸已經消失很久了，午林在我心中依然是可怕嚇人的代名詞。我臉上到處是擦傷，衣服還變得破破爛爛，手腕也因為一直拋小刀而拉傷，整個人更是累到吃不下任何東西。累成這樣，卻沒有半點跡象顯示潔妮亞真的知道我在找她，或是就算她知道，一定會熱情迎接我。所以我唯一能做的，就是順其自然。

我挑了一棵樹，在樹根之間盡可能找到舒服的位置坐下，盡力把火生起來，因為爸爸始終沒辦法好好教我要怎麼生火。然後，我正在背包裡摸索，想吃一口肉乾的時候，她就出現了，隔著我剛生起的那團微弱營火，和我面對面，身影比我到目前為止看過的都還更靠近、更清晰，而且她正直視著我。我記得她有家族遺傳的灰眼睛，還有我們多數人都有的黑捲髮，卻沒有意識到她有多高，幾乎快和爸爸一樣了。我先前也沒有發現她其實長得很漂亮：淡褐色肌膚幾近透明，臉上顴骨像大型貓科動物般突出。我開口說：「嗨，是我啊，是蘇茲。」過了一會兒，我又補了一句：「我在路上了。」

這時候，我已經很確定她聽到我說的話了，但是她沒辦法對我說話，雖然她看起來很努力在嘗試。我說：「繼續幫我帶路，因為我不曉得自己要去哪裡。但是我會找到妳的，不管要花多久，我都一定會找到妳。」

然後，她對我微微一笑。不管我是不是被變成人的木頭，有那麼一瞬間，我都忘了呼吸。我第一次看到獨角獸的時候也是如此，可是現在不一樣了。我變得不一樣了。潔妮亞朝我伸出一隻手，顯然還在說些什麼……接著，她再次消失。之後，我盡可能靠向那團微弱的營火，縮起身子，小口小口吃著肉乾，不知不覺墜入夢鄉。醒來的時候，我嘴巴乾得要命，卻覺得自己應該是面帶微笑。也許我真的是。

我永遠也無法確定，自己到底是在什麼時候、或在哪個地方踏進了夢人的國度。有可能就是在看到潔妮亞的那天晚上，甚至很有可能是在我氣得一心想遠離爸爸，埋頭猛衝的時候。不管我是不是木頭變成的人，我已經開始想念爸爸了。也許要找到通往另一個世界的路，你必須真的——**真的**——不曉得自己是誰，或是什麼東西。畢竟，姊姊那時也才四歲。

而我當時只發覺，自己經過的那片土地，隨著時間過去變得更加荒涼：原本令人喘不過氣的陰沉樹林，慢慢化為怪異的樹蔭、各種巨石柱、像巨大眉毛般的山崖。我什麼都認不出來，就連只匆匆一瞥的動物我也認不得，而且不到一天就徹底迷路了。但我還是繼續往前走，信心十足地跟隨爸爸那把綿羊閹割小刀的指引：有時把它用力往前一扔，有時在還算平坦的地面上轉動它，再準確朝著應該是刀尖指出的方向，繼續往姊姊那裡前進……

而在這段期間……自始至終，他們彷彿都在觀看一個小孩拿著樹枝和自製娃娃玩耍……

我從頭到尾都沒看到他們。

不對，這麼說並不正確。我確實看到了他們，但是從來沒看到真正的人影，看到的時候都太遲了。他們就像是雲影，沒有形狀，靜止不動，只有一陣風忽然吹過的時候，才會出現騷動，四處亂飄。他們也像天上的雲一樣沒發出半點聲響。就連他們在對我做那件事的時候，也一樣悄聲無息。我認為他們總共有三個人，也可能有第四人。

不，確實有四個人。最後一個人就是隨時都在唱歌給自己聽的那個夢人，他的歌聲非常輕柔，我有時忘了他其實也在場。不過每當我夢見那件事，我都記得他，從沒漏掉他。他總是出現在我夢裡，唱著那首悲傷的歌。

他們完事後，替我把衣服又拉回來穿好，動作相當小心翼翼，甚至可以說很溫柔，簡直像要把我埋起來，然後他們就消失了。而我也消失了，迷失在我的血跡、我的痛苦、我可怕的孤獨中。我半睡半醒，要哭不哭，並在黑暗中放聲尖叫，因為這時夜色早已降臨。但是我隨即讓自己住口，深怕那些男人會回來找我。月亮升起，光芒刺痛著我。我抬起手臂，把臉遮起來。

我好想要莫麗．格魯陪著我。時至今日，即便是此刻，我最想見到的人不是別人，正是莫麗和她那充滿嘲諷的表情，她那相貌平凡卻令人心情愉快的臉。再怎麼樣也不會是我爸媽，絕不會是爸爸和媽媽——**噢，絕對絕對不能讓他們……**媽媽一定會緊緊抱住我，爸爸則會先替她雇來照顧綿羊和山羊的幫手，接著自己一個人悄悄跑去追殺那些人。爸爸一輩子從未和人動手，更別說拿武器攻擊別人了。不過我遇到的這種事，還有其他更糟的事，都曾經發生在當時年紀比我還小的莫麗身上。她那時候是在綠林，最後也沒死……不，不只沒死，還活了下來，成為善良、無所畏懼的人，好好過她的每一天，而且找到她那位魔法師——以及她那隻獨角獸。所以，我也可以，一定會……一定……

於是，我躺在月光下，不再哭泣——而且此後再也沒哭過。等到有個輪廓清晰的影子籠罩在我身上時，我已經準備好要行動了，我知道莫麗她一定也會這麼做。我一把抓起爸爸的小刀，將內心那股絕望的憤怒化成力量，朝上猛力刺入我上方那一大片暗影。我認為自己厲聲吼出了某種挑釁的話，但很有可能只是我美化了記憶。不過我確實記得、而且到我死之前也會記得的是：在我出手後，對方痛得微微倒抽一口氣，以及就算只是用農具劃開肉體，也能帶來可怕卻美妙的安心感。願眾神原諒我，但是在那一刻，這種感覺真的很棒，讓我腹部湧出一股愉悅，全身骨頭也是——我還心想，**絕對不能讓我家人知道這件事。絕對不能……永遠不行……**

奮力向上一擊的動作，讓我順勢站了起來，發現眼前是一個女孩——不，是一個女人——身上穿著農夫那種羊毛罩衫，舊得都磨損褪色了。她長得比我高，可是乍看之下，年紀沒有比我大。她雙腿也比我長，肩膀更寬，整個人顯得遲緩、近乎動物般。爸爸的小刀——現在應該說是**我**的小刀了——正從她身體側邊突出來，就在略低於右胸的位置。

她低頭仔細看了看受傷的地方，腳步一點都沒晃，接著若無其事地把小刀從身體裡拔出來，平放在手掌上一會兒。她彷彿在自言自語，非常輕柔地說：「我真不走運。」她把小刀扔到我旁邊，伸手碰了一下羊毛罩衫上的那道裂縫，那裡流出來的應該是黏稠的血液才對，結果我只看到某種像灰褐色沙粒的東西細細流洩而出。我以為自己聽到那些沙粒彼此摩擦的刺耳沙沙聲。

「沒有血。」我傻傻地說，「我是說，很好，沒有血，這樣很好。我的意思是，我很抱歉，我傷到妳了嗎？」我很害怕，卻又鬆了一口氣，所以簡直是語無倫次，但我管不住嘴巴。「拜託，我是不是傷到妳了？」

她搖搖頭，平靜地注視我，眼睛的顏色和那些從傷口飄出來的古怪沙塵一樣，就是我在她身體側邊刺出的傷。「不過妳倒是受傷了。我以為妳可能已經死了，不然就是快死了，所以才靠近妳，想說可以的話能幫上忙。」她冷不防微笑，雖然頂多只能算是臉部肌肉的扭曲抽動，卻仍帶有一絲興味。「看來妳完全能好好照顧自己呢。」

要不是她接住我，讓我站好，我八成就倒在她腳邊了。我靠著的那個身體感覺很不可思議：沉重厚實，冰冰涼涼，就像蛇的身體一樣，但是不知為何，不會讓人反感或害怕。我說：「我以為妳一定是他們……那些男人。請原諒我，我真的很抱歉。」我沒有哭，因為先前說過，我再也流不出淚水了，可是身體依然因為需要哭泣而全身發抖。我幾乎聽不見自己說：「我不懂妳怎麼會這樣。」

「妳怎麼會懂呢？我敢保證，妳以前一定從沒見過像我這樣的人。」她的聲音相當低沉，和男人一樣低。她說：「我叫黛胡恩。」這並不是她告訴我的完整名字，但是我最多只能聽出這樣，因為她唸出全名的時候，比眾神的名字加起來還要長，而且聽起來更像是在咳嗽。我都簡單稱呼她為黛胡恩。

「我叫蘇茲。」我說。出乎意料的是，她輕輕笑了一下。就連她的笑聲也帶有一種緩慢的沉重感，簡直像磨碎東西的嘎吱聲。顯然在她的語言裡，我的名字很接近一種兒童玩具，有點像爸爸以前做給我和威爾弗玩的劍球玩具。黛胡恩開口叫我的時候，都會唸成蘇嗚茲，毫無例外。

我把自己的遭遇告訴她，也為攻擊她這件事再次道歉。我對她說：「當然了……妳瞧，這只是一把農場會用到的小刀，我爸爸的刀……」我把它撿起來，放在掌心上，拿給她看。我也告訴她，這把刀原本是用來做什麼的。「看吧，上面甚至看不到一滴血……它沒辦法真的殺掉誰。」刀身摸起來異常溫暖。

黛胡恩聽完，靜靜地說：「也許它只能殺掉拉德亞克。」這個詞似乎是從她嘴裡一路撕扯，在嘴唇和牙齒間東碰西撞，最後才冒出來。「也許這就是它真正的用途。」

「拉德亞克。」在微弱的晨光中，她的外表越看越接近我的年紀：她肌膚是沙漠蜂蜜的金褐色，雙眼和頭髮的顏色卻淡得出奇，幾乎像流水的色調。我問說：「那個什麼拉德亞克，是妳的族人嗎？」

黛胡恩又笑了，但是和之前笑我名字的時候完全不一樣。「我出生的那個部族，大家都自稱是卡德里人。**拉德亞克**是卡德里人對我這種人，或者說我這種存在的稱呼，意思是由石頭構成的生物。」

灰色沙塵依然從她胸部下方的傷口緩緩飄出。我還記得剛才手臂碰到她的時候，那種堅硬沉重的感覺。我像白痴似的說：「石頭，拉德亞克……」然後甩了甩頭，努力別一直呆呆地盯著她。

黛胡恩說：「我的部族裡，偶爾會有某個不是……不具有人類肉體的小孩出生。族裡向來規定，像這樣的怪物必須立刻殺死，從此絕口不提。這向來都是天經地義的事。」

她說出最後幾個字的時候，語氣帶有詢問意味，好像期待我會表示同意。我什麼也沒說，過了一會兒，黛胡恩繼續說下去。「不過，打從我呱呱落地那一刻起，父母就非常疼愛我，自願承擔起養育和庇護我的責任，和別人家養孩子一樣。」她的聲音彷彿來自一口無底的水井，充滿了消沉與失落。「要不是他們在卡德里族中位高權重，我現在就不會出現在這裡了。即使如此，多年下來，其他族人對他們抱持的恐懼和憤怒有增無減。於是為了他們好，某天晚上我偷偷溜走了，獨自出發去看看這個世界。」她回憶時，原本色澤偏淡的眼睛開始慢慢變深，嘴角又冷不防露出那個奇怪的扭曲笑容。「就像古老故事說的那樣，我也出發去尋找我的命運。」

「石頭。」我又說了一次，「不過我……但是小刀，我是說那把小刀，它插進……」我實在沒辦法把話說完，反而脫口問：「妳怎麼可能全身都是由……由石頭所構成啊？」

黛胡恩聳了聳肩，她高大的身材做起這個動作顯得奇怪、緩慢又笨拙。「卡德里人雖然很少談起我們這種人，但據說所有拉德亞克身上都有某個脆弱之處，要不然我們早就支配整個卡德里族，永遠統治他們了。」過了一會兒，她面無表情地補充說：「我小時候，其他小孩為了找到我那個弱點，老是拿我取樂，可以說這是他們最愛玩的遊戲了。」

我想起以前我哥威爾弗和其他表親，發明出各種捉弄我的遊戲，呼吸開始變得急促，講起話來也口齒不清。「我不知道該怎麼向妳……」

她要我別再說下去的手勢雖然不耐煩，不知為何卻讓我覺得很體貼。「拜託妳，別再跟我說妳很抱歉剛才差點殺掉我了。相信我，妳再怎麼傷心難過，也遠遠比不上我的感激。我這種人其實很寂寞，畢竟我是少數在出生後存活下來的拉德亞克，而我母親和父親……」她這時停頓了一下，越過我看向遠方，「我父母讓我活下來，確實做錯了，所以我有義務要改正他們犯下的錯，就這麼簡單。不過，我重新踏上自己的搜尋之旅前，當然得先把妳照顧好，前提是妳願意的話……」

我從沒聽過黛胡恩說自己的母語，也就是卡德里語，所以不曉得她說母語時，是不是也像說我們的語言時一樣正式，帶有冷冰冰的距離感。我虛弱地表示反對——自從那四個男人奪走我的身心後，羞怯似乎早已離我遠去——不過可以讓另一個女人抱著我，替我清洗，盡力把那件事在我身上留下的痕跡消除乾淨，仍然讓我感到欣慰……那種事也發生在其他人身上……在其他可怕的地方……

她不只用自己的飲用水幫我清洗乾淨，還用軟布減緩我瘀青的疼痛，很可能是從她自己穿的衣服撕下來的。我不知道在這段期間，自己究竟睡了多久。當她扶我躺回雜亂的草地上，我才醒了過來，看到她正背對我站著，提起我之前沒注意到的旅行用小背包。黛胡恩看起來臉色蒼白，筋疲力盡。

我爬起來，嚇了她一跳。「妳要去哪裡？」然後，我想起她之前最後提到的那件事，又問她說：「妳在搜尋什麼？也許我……我能不能幫什麼忙？」在那一刻，想到又會被拋下，獨自面對那些回憶，害我突然再也沒辦法忍受這種寂寞了。

黛胡恩轉過來看著我，眼神散發出一種沉默，讓我相信她可能真的是由石頭所構成。她說：「我正在找死亡叔叔。如果我沒有轉而來找妳，本來會在晚上找到他的。不過我今天就會追上他，最晚明天。他會等我，這是他親口告訴我的。」

「噢。」我說。我們望著彼此。「我正在找我姊姊。她還小的時候，跟著夢人——就是善心族，一起消失了，所以我現在想找到她。但是我**迷路了……**」忽然間，我沒辦法再講下去。不過我沒哭。我**真的**沒哭。

黛胡恩朝我靠近，似乎沒注意到背包掉到地上。「妳是在多久之前失去姊姊的？十年前？十五年——」

「二十年前……我那時還沒出生——」

「妳也沒辦法斷定她是不是還活著——？」

「不，我可以！」在那一刻，我就只是個憤怒的小孩子。「她來找過我三次，每次都非常清楚表示要我去找她，找到她在哪裡，並帶她回家去見我們的爸爸和媽媽。」過了一會兒，我更正道：「……去見我們的父母。」我雖然才認識她沒多久，卻不認為她不會注意到我為什麼要改口。

「二十年……」黛胡恩看起來像在對其他人說話，而那個人當然不是我。「嗯，我呢，跟在死亡叔叔後面尋找他的歲月，遠比那還要久，卻從來沒有好好見過他一面。看來我們有幸能遇見彼此，並非偶然。」

遠比那還要久……那黛胡恩到底幾歲了啊？但是在那個當下，我只知道自己不想讓她離開我身邊，於是我回道：「所以我們這個二人組：一個是石頭女人，正在尋找死亡叔叔，對方顯然一直從她身邊溜走……」黛胡恩動怒了，卻沒有否定我說的話。「……另一個則是被變成人的木頭，正在找她姊姊。噢，我們確實很有幸能遇見彼此呢。」

黛胡恩沒有立刻問我自稱是被變成人的木頭到底是什麼意思，顯示出她不是那種會隨便探聽的人。不過重要的是，她第一次直接放聲大笑。她的笑聲簡直可說是從截然不同的喉嚨裡冒出來，是完完全全發自內心的美妙聲音，悅耳至極。她的笑聲讓我當時被安全感包圍了一下，我現在依然聽得見那股笑聲。

「有何不可呢？說真的，有何不可？再怎麼說，要踏上尋找死亡叔叔的旅程，就一定要找人結伴同行才對。考慮到妳剛才說的那番話，我和妳搞不好真的很適合同行呢。」黛胡恩突然低頭望著我，彷彿她正棲息在比我以為還要高的樹枝上。然後她說：「可是當他終於轉身面對我的時候，妳必須讓開，也絕不能回頭。我和他之間有事未了。」

「一言為定。」我說：「而當我找到潔妮亞——我一定會找到她——然後再從偷走她的人那裡把她帶走後，我們要立刻一起回家。」也許是因為她剛才的笑聲還能聽到回音，於是我補了一句：「只要我找得到回家之路。」說完，我們倆第一次同時笑了出來。

「那麼，」她說：「妳要是覺得自己有辦法走路了，我們就出發吧。死亡叔叔雖然說他會等我，但可不會永遠等下去啊。」

於是，黛胡恩和我便一起動身上路了。

第四章

雖然黛胡恩向我保證死亡叔叔在等她，不過在我們結伴上路的第一天，我就發覺她對於究竟要上哪去找死亡叔叔，其實就和我要去哪找姊姊一樣毫無頭緒。自從……自從那些男人出現後，潔妮亞就再也沒現身了……讓我不由得開始亂想，那件事會發生和她不再出現之間，一定有某種關聯。我們一路跋涉前進，我沿途不停東張西望，朝四面八方看去，非常希望只要我盯得夠久並誠心許願，某道陰影、某個沉默的聲音就會化為人形。不過，她的任何輕聲細語只迴盪在我內心，沒出現在其他地方，所以我也別無他法，只能繼續在夢人的國度裡跌跌撞撞前行。

而夢人的國度……

即便到了現在，我有時候還是認為世界上根本沒有這種地方，只是我說服自己相信，甚至其實是我夢到，有那麼一個風景隨時都在改變的國度：沙漠逐漸變成沼澤，接著突然冒出春天的碧綠草地，再不知不覺變成像我們家的那種農地，讓我一陣悲傷，然後又化為黑壓壓的常青樹森林。這一切就和每個夢境一樣，既神奇又不真實……而且更不真實的是，我碰得到葉子，還感覺得到有蟲爬過我的手。要是我這麼描述，聽起來沒頭沒腦，那也沒辦法。

有時候，我幾乎要相信那裡的每個細節都是人為打造，專為我精心安排，全是為了我而設計出來的，和巡迴劇團會在市集演出的那種英雄劇沒什麼兩樣。但多數時候，我還是認為這個國度的風景，是他們每一天、每一刻視情況打造出來的，就像小孩子那樣。小孩子每一天都在按照自己的需求，創造屬於自己的世界。

然而，在夢人的國度裡沒有小孩子。一個都沒有。

踏上那塊怪異的陌生土地後，在頭幾天，我除了滿腦子只想著要找到姊姊外，並不想見到任何人。我每次轉頭，老是覺得自己看見那四個男人，看到他們正在看我，覺得他們四個人正從每一道陰影裡注視著我，正從我和黛胡恩橫渡的河床底部往上盯著我，正從樹梢上、雲朵上、巨石上俯瞰著我，就像我這輩子第一次在巨石那裡遠遠看到潔妮亞一樣。他們全在看著我……

夢人也看到我了。

我是在遇到黛胡恩後，才開始瞥見他們——至於用「遇到」來形容試圖殺掉陌生人的舉動到底恰不恰當，還有待討論。在這之前，我獨自一人到處遊蕩的其間，看過松鼠、鳥兒、身上長著小手的小藍蛇、很像我們家養的綿羊和山羊，甚至還有一些我至今都叫不出名字的動物。不對，我是叫得出來，但就是不想叫。可是那些夢人，那些帶走姊姊的夢人，雖然我已經知道他們的真面目了，他們卻依然只是偶爾才能聽見的輕聲細語、偶爾才能瞥見的存在，或是午夜時分才傳來的耳語。黛胡恩有時會用手肘輕輕推我一下，通常沒看向我，而是指向某些窸窣作響並閃著光芒的影子。起初，這些影子速度都快到我看不出來他們就是夢人。

但是那些臉孔，等他們變得清晰之後……

噢，夢人用那些可愛、失落、睿智、有些瘋狂、極其邪惡的臉孔，在樹叢和灌木叢裡回望著我，甚至還藏在水池裡，冷不防就浮現在我的倒映旁邊片刻。他們在樹林間到處飛躍，游入月光之中。他們輕輕發出咯咯竊笑，逗著我玩，把我吵醒，也會對我說話，而我似乎能聽懂他們在說什麼。

他們大多會在天快亮或天剛黑的時間出現。他們其實沒有全長得一樣，我花了點時間才分辨出來：有個女人長得像巫婆，老是發出咯咯的冷笑聲；有個人則是拐著腳，身形幾乎和熊一樣龐大，來去彷彿燭火般一閃而逝；有個女人似乎老是安靜地尾隨我和黛胡恩；還有個女孩，有著猴子眉毛和深色眼睛，很愛笑；有個男人一臉親切，像上了年紀的天使……這些人和帶走潔妮亞的是同一批人嗎？是那些趁她年紀小到不知道他們的真面目，引誘她離開我們身邊的傢伙嗎？「夢人」，爸爸說潔妮亞是這麼叫他們的，因為他們都是在她睡夢中出現。「他們唱了一堆蠢歌，逗她發笑……」

他們沒有對我唱歌。夢人那些閃爍的嘲弄臉孔，加上那四個男人殘留的觸感和氣味，使我在夢人國度睡得不怎麼好。不過我看到他們了，他們也看到我了……他們看到我了，我毫不懷疑姊姊當初也是像這樣看到我，而且這些夢人的每張臉都興高采烈地在威脅我，警告我趕快放棄搜尋行動，早點找到回去的路，回到我所屬的那個世界，因為比起之前發生在我身上的事，在下一個轉彎處等著我的未來將會更糟。或者也可能是在河川轉彎的某個地方，因為我們眼前時不時出現一條河，像傳統童話故事形容的那樣閃閃發光，接著又蜿蜒到別處，流向那些低矮的山丘，或是那座長得亂七八糟的樹林。我們沒有沿著河走，而是繼續朝著差不多是東邊的方向緩慢前進。在這個國度，就連太陽和星星也靠不住，我在那裡不只很快就損失了不少時間，也迅速迷失了方向。

我時常在尋找它們，就是那些夢人的臉孔。他們現身後，我會熱切又貪婪地一一望進那些臉孔，想看看有沒有辦法看穿那些閃爍的臉孔，看出他們到底是有什麼能耐，居然能吸引潔妮亞，讓她甘願這麼快樂地離開如此疼愛她的家庭。不過，他們依然只是嘲笑我、戲弄我，那些臉孔半點線索也沒透露。我束手無策，只能踩著沉重的步伐繼續走，和自己曾試圖殺掉的女人並肩而行。

就某方面來說，黛胡恩其實是令人傷透腦筋的旅伴，直到我適應了她的習慣和行事作風才有所改善。她步伐穩健，總是邁著那雙長腿大步前進，我往往得急忙跟上。然而，她時不時會突然離開我們正在走的小徑——不管夢人在一夜之間為我們創造出什麼樣的全新風景，反正就是有那麼一條路可以走——真的是朝小徑的左邊或右邊直接一躍，就不見人影。她有時會消失將近半小時，而在這段期間，我都沿著小徑繼續跋涉。我問她這麼做是在幹麼後，她簡短地回說：「他很狡猾，老是玩些無聊的把戲。」黛胡恩雖然在尋找死亡叔叔本人，卻始終沒對他抱持什麼敬意。

先不論黛胡恩是不是由石頭所構成，畢竟到目前為止，我唯一有的證據就只是她的身體感覺起來既冰涼又沉重，以及我在她胸部下方造成的那道傷口一直都沒怎麼癒合，不過我敢肯定她比我認識的任何人都來得強壯。我們為了橫越一條湍急河流，走在人行步橋上的時候，我才終於見識到她到底有多強壯。之前也說過，夢人國度似乎每天都會改變面貌與構造，那一天，我從藤蔓間的空隙掉了下去。我幾乎還沒意識到自己下墜時，黛胡恩就在半空中搆著我了，接著只抓住一隻腳踝就把我拉上去，放到穩固的地面。我的腳踝後來好幾天都還看得到瘀青的痕跡。她把我轉成頭上腳下、讓我站起身的時候，根本連喘都沒喘。

等我們兩人都屏住呼吸夠久之後，我這才謝謝黛胡恩救了我一命，她一臉吃驚，好像剛剛那是她在睡夢中的舉動，現在才察覺到自己做了什麼。黛胡恩假裝抱怨地回我說：「小姐，多留意妳那雙大腳啊！我可沒辦法老是從他們為妳設下的各種陰謀和陷阱中把妳救出來喔。」這樣半真半假的抱怨，逐漸成為我們之間最坦率的溝通方式。我笑了出來，正中她下懷。接著，我們一起平安越過那座人行步橋。

即便是在最好的情況下，要找到食物也不容易，可是黛胡恩完全不擔心這件事。「石頭為何要吃東西呢？這一直讓我可憐的母親很煩惱，因為我從來不需要有人餵奶，為了取悅她，我才偶爾吃點東西。不過說真的，一個石頭又能怎麼辦？」就我在旅途中看到的情況，黛胡恩是喝雨水維生；有時候，她很難得才會小口小口吃掉那種看起來像掃帚麥稈的植物。「它沒味道，完全沒有，但一定得吃點什麼的話，還挺有營養的。」

不過出乎我意料的是，黛胡恩是個效率高得驚人的獵人。唯一的問題是，我們每餐吃的東西——其實就是我每餐吃的東西——都出現在古怪的時間。大部分是在天快亮或天快黑的時候，但也經常在寒冷的午夜才出現，於是黛胡恩找到食物後，都會把我叫醒，堅持要我立刻用餐。這也意味著，不管是根菜、兔子或是魚，幾乎所有我吃下肚的東西都沒煮過，而她顯然覺得這是吃東西最健康的方式。她正用她的方式，盡力把我照顧好。

黛胡恩也不太愛聊天。整天下來，我們除了互道**早安**和**晚安**外，中間沒開口講半個字，唯一的例外大概就是看到有坑洞或倒下的樹後，會喊說**小心**吧。我覺得黛胡恩有時候肯定很後悔讓我跟著她，這其實不難理解。就算我才十七歲，也很清楚想認真找到死亡叔叔，一定是得獨自私下進行的事。而我只能祈禱，當我們真的迎來那個時刻，終於找到死亡叔叔，他也等著實現很久以前向黛胡恩許下的承諾，到時候我會懂得要退開，讓她獨自前行。等到那個時刻來臨，不知道我是不是應該簡單說句「再會了，朋友」就行了。我晚上常常花很多時間，反覆思考這些事。

黛胡恩默默害怕著爸爸那把小刀，但是她藏得很好，我到現在依然看不出半點跡象：不論是她的淡色眼睛還是行為舉止，都沒有顯露出她的厭惡。小刀的狀況看上去的確也更糟，不只刀尖鈍了，刀刃也坑坑巴巴，彷彿被火燒過。雖然差不多從離家的那一晚起，我一直都在迷失方向，但早就不再把小刀想像成是某種神奇羅盤，它的存在現在反倒只讓我感到不安，提醒著我它根本沒辦法保護我的那一刻。要是黛胡恩允許的話，我絕對會扔掉小刀，只不過她絕不會叫我這麼做。

「不行，它確實不是英雄揮舞的火焰之劍，」她經常這麼說：「也不是某個鄉野巫師取巧的智慧之杖，但它就是有什麼特別之處，是為了妳才存在的。某種特別之處……不知為何……」

有一晚，我正在撕咬一隻肥嘟嘟的沼澤鼠——餓了快兩天，我就是覺得它看起來像沼澤鼠。這時候，黛胡恩若有所思地開口說：「它是達里製的刀，妳曉得這件事嗎？這表示它的原料是在達里山開採，然後某些受過訓練的鐵匠，在某個時刻把某種礦石加入了用來製造刀身的混合物。我從沒看過像那樣的混合物會用來打造這麼小的一把刀。」她把刀放在掌心上轉來轉去，一如往常帶著某種敬意，而我早就不再用這種態度對待它了。她說：「這把小刀做工精良。」之後便沒再開口。

黛胡恩很少睡覺，而且從來沒有熟睡過。半夜只要有什麼東西在高處的樹枝發出一點動靜，她就會立刻起身。大部分的時候，把我從夢中搖醒的人也是她。那些夢讓我在驚醒後無法呼吸，只能拿起那把沒用的小刀，對著黑暗中的竊竊私語和咯咯笑聲瘋狂亂揮。這時，黛胡恩會抱著我，總是默不作聲，等我再次回神，明白碰觸著我的是她的手。

第五章

那個男孩第一次出現時，看到他的人就是我。

我們已經好幾個早上都看到腳印了，而且是從四面八方環繞我們。腳印看起來小巧卻清晰，幾乎與人類足跡無異，只不過每隻腳都有四個腳趾，像動物的蹄般從中間裂成兩半，一邊各兩個腳趾。這些腳印給人的感覺像在炫耀，也的確有好幾個足跡很接近我們睡覺時頭躺的位置，我們卻從來沒被吵醒。黛胡恩對著那些腳印揮起拳頭，還用她的母語咒罵一番。在那之後，有好一陣子，她晚上根本沒睡。

我看到那個男孩的同一天，也是黛胡恩第一次在小徑上差點跌倒。除了在她心臟正下方那道永不癒合的傷口不斷漏出細沙之外，我幾乎說服自己相信，我當時盲目而狂亂地試圖取她性命，結果並沒有讓她陷入危險，也沒有讓她感到疼痛。我之所以覺得良心不安，不是因為看到她的強健雙腿被倒在地上的樹木絆了一跤，而是發現她偷偷朝我迅速瞄了一眼，想確認我有沒有注意到。之後，黛胡恩再也沒有暴露出她的虛弱程度，起碼那時候沒有，不過倒是加快了我們前進的速度。以我當時對她的瞭解，知道不該提議放慢腳步，或甚至休息一下。不過，我對她身體情況的瞭解或擔心，可說是藏也藏不住。

那天晚上，我們來到周圍爬滿了藤蔓的空地，隔著營火對坐，她打破令人恍神的沉默說：「顯然我們永遠都不會找到妳姊姊了。妳應該回家去。」

在開口回答她之前，我完全不知道自己究竟有多消沉，也不知道從那個唱歌給自己聽的男人對我出手的那一刻起，這股消沉感對我的內心造成了多深的影響。「家在哪裡？」我問她。「我找不到回去的路，就跟妳找不到保證會等妳的死亡叔叔一樣。」我們有一次曾經拿這件事來開玩笑，可是現在聽起來卻越來越像呼吸一樣真實。為了尋找潔妮亞，我這一路下來只碰到強暴、只覺得失落，而且有家歸不得，至於黛胡恩自己的追尋之旅……看來就跟很多人一樣，死亡叔叔也對她撒謊了，事實就是這麼簡單。我說：「我要對妳負責。妳回頭我才會回頭，絕不會比妳早。」

她目不轉睛看著我。我滿心以為她聽完會放聲大笑，嘲弄這番自稱要參與她命運的言論，不過她只是坐在那裡望著我，彷彿從沒見過我、從沒去打獵來餵飽我，或是從沒救過差點直接墜入湍急河流的我。黛胡恩那雙淡如冬色的眼睛緊盯著我，就像她當時也猛力緊抓著我不放一樣，這時，我看到她所謂的石頭了：在她緩慢跳動的心臟後方，有著一副石頭骨骼，沙塵般的血依然正從我刺出的那道傷口飄出來。我也看到那對冒著危險疼愛她的父母，正是因為有他們，黛胡恩才會轉而來幫助一個受到蹂躪的孩子，這點我從未懷疑過。對她來說，不管我們年齡的差距再小，我就是個孩子。當時，在那對眼睛裡，我看到了這一切。

等我終於睡著後，她還是坐在火堆旁。我不記得自己有躺下來，不過醒來時已經是躺著的，身上還蓋著她的斗篷，那件每天都變得越來越破爛的斗篷，老是因為吸收晨霧而有點受潮。四處都看不到黛胡恩的身影，但是差不多就在她原本待的位置上，坐著一個男孩，看起來不超過八、九歲——這是我首次在夢人國度裡看到小孩。他蒼白得就像魚，眼睛和頭髮的顏色是冰冷的雪泥。他正朝我傾身，手肘安放在膝蓋上，非常認真地在研究我。不對，用**安放**來形容完全不正確，因為他看起來隨時都能跳入空中，一溜煙就不見人影，不留下半點關於他曾存在於此地的記憶。他看到我醒了以後，對我微笑，露出又小又尖的魚牙齒。我說：「你如果是死亡叔叔，黛胡恩正在找你。」

那一口魚牙齒又多露出一點，尖端正滴著水，閃閃發光。我又累又冷，根本沒力氣怕他。我說：「我確定她晚一點就會回來了，等她一下吧。」

他的聲音比我預期的要低，也過於甜美。「我們才不在乎她，那個可憐的石頭傢伙。我們感興趣的人是妳：為了從未見過的姊姊，竟然願意橫越這片土地去找她。這裡啊，可是比妳想像的還更討厭妳，也一定會確保妳就這樣傻呼呼地迷失方向、死在這裡，而且死前永遠碰不到她、抱不了她。然而，妳卻依然堅持要來……」他假裝訝異，搖了搖頭，「就算妳慘遭教訓、身心疲憊不堪，依然繼續堅持要來，繼續堅持……」最後那四個字，聽起來就像在即將來襲的暴風雨中，叮噹作響的鐘聲浮標。

「我還能怎麼辦？」我的語氣和黛胡恩提到媽媽擔心她從不吃東西，自問「一個石頭又能怎麼辦？」的時候一樣。我說：「沒有帶著姊姊，我就不回家。」

「那妳永遠回不了家了。」小男孩——要是他真的是男孩的話——露出的笑容深深刺進我的皮膚。黛胡恩笑起來簡直和他一模一樣，不過兩者帶來的卻是截然不同的刺痛感。黛胡恩的笑容每次都讓我想安慰她，但我當然從未付諸行動。

「你們為什麼要帶走她？」聽到自己問出口，我才發覺原來自己想問這個問題。「她當時還只是個小孩，還那麼年幼。你們把她偷走，留下了……」

我以為自己有辦法把話說完，於是又試了一次。

男孩說：「她還沒出生就已經屬於我們了。我們都知道她一定會出現。」

我現在也說不準，自己那時候會怎麼回答他，因為就在那一刻，他突然抬頭往上看，立刻消失不見，正如我剛才想像的那樣。黛胡恩就站在他曾經出現的地方，脖子上掛著某種長著沒用蝙蝠翅膀的毛茸茸青蛙。她已經先把羽毛幾乎都拔乾淨了，要是那些真的可以叫做羽毛的話。

我說：「剛剛有人出現在這裡，但我不覺得他是死亡叔叔。反正我告訴他，妳正在找他。」

「他不可能是死亡叔叔。」黛胡恩一口咬定，「死亡叔叔是個騙子，沒錯，一向如此，但是他會好好等著的。」接著，她把那個像青蛙的東西遞給我。由於她就站在那裡看著我，我別無選擇，只能謝謝她，心不在焉地把獵物放進已經冷卻的火堆餘燼中，烤得半生不熟。黛胡恩說：「我對妳說的都是真心話。妳要是現在就轉身離開這個地方，直直沿著妳來的那條路往回走，這個地方一定會放妳回去，甚至指引妳回到家人身邊——我很清楚這點，蘇茲。」她幾乎從來沒用我的名字來叫我，就算有，也從來沒有哪次發音正確。

「等妳轉身離開的時候再說。」說完，我就沒再開口。她聳了聳肩，默默等我盡力解決那個像青蛙的東西，而我勉強吞下去，才不會辜負她替我覓食的辛勞。吃完後，雖然天色仍黑，我們還是動身上路。究竟是白天還是黑夜，對我們來說越來越無所謂了。在我願意承認自己需要休息之前，黛胡恩似乎總是看得出來。我們繼續向前邁進。

在昏暗的天色中，整個國度的面貌再次改變。實際上，我們幾乎是親眼目睹腳下的土地變成高低起伏的青草地，不只便於行走，甚至帶有彈性，還點綴著小朵的鮮紫色雛菊，可是不見半點真正的道路或小徑，也幾乎沒有樹木，所以我幾乎沒看到任何夢人。夢人很喜歡樹。他們常常躲在樹木後面偷看，也會利用樹來移動，輕鬆不費力的樣子簡直像松鼠，有時還真的能看到他們在最頂端的樹枝上跳來跳去、做鬼臉、唱些蠢歌，就是他們曾在姊姊睡夢中對她唱的歌。那些歌我永遠不會忘記。

我看到了那個魚臉笑容的男孩——**傻呼呼地在這裡迷失方向**——在昏暗的天色中，他遠遠跟在我們後面，但是我假裝沒發現他。**慘遭教訓、身心疲憊不堪……**

我始終不曉得他叫什麼。夢人沒有名字，我的意思是，我不認為他們有。我慢慢認得出幾個夢人，都在內心隨便把他們叫做「貓兔子」……「獨眼鱸魚」……「毛毯賊」……

我很好奇他們是怎麼稱呼彼此，也想知道他們是不是為我姊姊取了特別的名字。

黛胡恩彷彿能跟上我的思緒，突然問我說：「妳認為她還會記得自己原本的名字嗎？待在這個世界，真的還會記得嗎？」

她以前也問過同樣的問題。我心裡從未有答案，所以很生氣。我說：「她知道自己是誰，也知道我是誰。而且她沒有躲著我，不像死亡叔叔躲著妳那樣。」我就是故意要講得那麼惡毒，也覺得比起爸爸那把小刀曾經造成的傷害，有時候這麼說反而更傷人。太陽升起之前，我就向她道歉了，她很快便原諒我，比我原諒她問那個問題還要快。就某方面來說，我從未原諒過她。

不過，我一直找不到潔妮亞，最後找到她的卻是黛胡恩。而且就是在那一天找到她。

當時已經很晚了，快要黃昏，夢人通常在這時候最活躍。他們當年也是在這個時間帶走潔妮亞……**不對**，他們沒有帶走她、綁架她，潔妮亞是快樂地自願跟他們走。我一定得牢牢記住這點，因為爸爸告訴我的時候，我看到了他的眼神。

我和黛胡恩停在一個淺坑過夜，裡面堆滿了潮溼的枯葉。在這個國度裡，季節就和時間或風景一樣毫無意義：你可能躺下去睡覺的時候還是和煦的夏夜，卻被飄落到臉上的雪花，或是隆冬暴風雪的呼嘯聲吵醒。我躺下來，仰望著通常空蕩蕩一片的夜空，希望能看到一顆星星，或是可以令人安心的月光也好。但在夢人的國度裡，星星就和小孩一樣罕見，月亮也早已下山。

我後來肯定睡了一會兒，因為我是突然驚醒後坐起，看到黛胡恩正靠向我，淡色眼睛散發出的喜悅光芒比我先前看到的都還強烈。「**那裡！**」她的聲音還是一樣低沉，像火堆般在我耳邊劈啪作響。「**在那裡**，看到她了嗎？」她用一隻手緊扣著我的手臂，把我拉起來站好，再舉起另一隻手，直直朝黑暗中一指。「現在就帶她回家，今晚就走，妳們兩人一起走！妳們快**回家！**」

有一瞬間，那裡除了一片漆黑，什麼也沒有，只有樹木和它們投下的扭曲樹影，以及整晚和每晚都啪嗒啪嗒響的古怪輕柔聲音——這是夢人睡覺時翻來覆去的呼吸聲。反正，我通常都想像那絕對就是這種聲音。直到現在，我還是不曉得夢人到底會不會睡覺，就像我始終都沒辦法真的確定黛胡恩有沒有睡覺。我當時雖然還半夢半醒，心裡卻非常清楚：我永遠都找不到潔妮亞姊姊、永遠回不了家。那個時候，我已經累到什麼都不在乎了。

然後，我看到她了。

她也看到我了。她獨自站在一條淺溪對岸，就是那條陪伴我們已經有一段時間的小溪，不過途中也有好幾次沒有流經我們附近。潔妮亞沒有穿著爸爸記憶中那些漂亮卻嚇人的羽毛衣，我其實也還沒看到有哪個夢人穿著類似的東西。她身上穿的反而是一件普通的灰色直筒連身裙，就像媽媽在辛苦工作一整天後，接近傍晚時可能會換上的服裝。她光著腳……不對，應該是穿著某種便鞋，帶有某種微光，淡淡閃爍著，就像在她喉嚨位置的另一道奇特閃光，這股光芒幾乎被頭髮蓋住了，可能是某種墜子、頸圈，甚至是項鍊——我那時候並不知道是什麼。

那些都無所謂。我朝她跑去，越過那條幾乎沒在流動的小溪，濺起水花，然後盡可能用力抓住她，以免她又消失不見，因為在我出生前，以及之後在我面前現身的每一次，都是以她消失收場。我緊抓著她不放，不斷叫喚她的名字，好像怕我們之中有誰可能會忘記她叫什麼。有一瞬間，她身體變得僵硬，想後退遠離我，但下一刻，她就舉起手臂環抱住我，抱得比我這輩子遇過的任何人都還要緊。比莫麗或里爾國王還緊，也比爸爸和媽媽還緊。直到今天，依然沒有人抱我抱得那麼緊。

「妳是潔妮亞！」我不斷重複說：「妳是潔妮亞！」

因為黛胡恩的提問，真的害我很擔心潔妮亞可能會不記得自己是誰，或不記得她真正的名字。結果，她卻只是笑了出來，把我抱得更緊，緊到我幾乎無法呼吸，但我根本不介意。我低聲說：「我是蘇茲。」即便我曉得她早就知道我的名字了。「我找到妳了……」

「對。」她說：「噢，對，沒錯，妳找到我了。」她屏住了呼吸，彷彿要努力找到呼吸的方法。她說：「沒錯，妳找到我了，我漂亮的妹妹。現在，妳必須轉身，離開我，忘記這一切。」她的低沉聲音正在發抖，卻清晰無比——簡直有點過於清晰了。

「告訴他們……告訴他們，妳從來沒看到我，說妳找遍了每個地方，卻還是沒辦法找到我。」她輕輕讓我往後仰，笑著看進我的眼睛裡。「噢，蘇茲啊，他們會很高興迎接妳回家的。他們不會問妳任何問題，我向妳保證。」

我花了點時間才有辦法開口回應她——不，不止一點時間，她怎麼能說這種話？「不，不行，潔妮亞，我來就是要找妳，我是來接妳的，來帶妳跟我回去。」她怎麼可能會不理解我說的話呢？在這個沒有星星也沒有小孩的國度裡，一切都毫無意義，唯有一件事例外，那就是知道我姊姊就在這裡，而她代表著我這趟旅程的終點、我吹了一遍又一遍才學會的口哨旋律（噢，莫麗啊！）、所有一切努力將獲得的回報與安慰。代表所有這一切的她就站在我身旁，終於獲救了，並且在離鄉背井幾乎是整整一輩子後，即將回家了。

故事怎麼可能會不這樣發展呢？

第六章

「不。」我又說了一次，好像潔妮亞只不過是聽錯了。然而，她這時已經慢慢從我身邊溜走、不在我懷裡了，我多拚命伸手想抓住她那件全灰的裙子，想把她留在我身旁都沒用。「別走啊！他們不能把妳留在這裡——我絕對不會讓他們這麼做！」天空在我眼中旋轉起來，我的腦袋和耳裡都充斥著自己彷彿從遠方傳來的哭嚎聲，害我以為自己快吐了。只有為人敬愛卻謊話連篇的眾神才會知曉，我當時對這位失散多年的姊姊究竟都做出了什麼承諾。

不過，那些夢人已經開始在我們之間跳起舞來，一邊咯咯發笑，一邊低聲哼唱：「**別走啊……噢，我的潔妮亞，永遠別再離開了！**」他們擋住我的路，所以等我把所有恨不得狠狠嘲笑我的幻影都用力揮到一旁後，她已經在嘲弄和笑聲中消失了。我只能站在原地，全身無助地顫抖。她簡直像從未出現在那裡。

這時，黛胡恩冷靜的聲音從我肩上傳來：「蘇茲，妳該回家了。」

如果她是用別的方式對我說，我的反應會有所不同嗎？如果她直接看著我，然後聳聳肩，只講了一句「妳也聽到她說的話了」，或是什麼也不說，只不過挑眉一下，結果意思其實一樣。不，直到今天，我還是完全不覺得自己會有不同的反應……但也許我會說出「我可不這麼想。妳繼續前往妳必須去的地方，多保重……」或類似的話，然後看也不看她一眼，直接去追潔妮亞，事情就此結束。這麼一來，我很可能就再也不會見到她了，永遠不會。我經常想到本來可能會有多麼不同的發展。

但接下來真正的發展，是我回答她說：「想都別想，我絕不回家。」我又一次看也不看她，就直接沿著那條小溪，朝潔妮亞離去的方向前進，硬是擠過那些還在嘲弄我的夢人：有的臉幾乎和人類差不多，有的臉根本完全不像人類，而他們的身體，那些身體實在太漂亮了，看著它們就讓我受不了，於是決定別去看。最後，我只好低著頭，一路推擠前進。

我完全沒料到黛胡恩還跟在我後頭，直到她突然出聲說：「我的朋友，現在就停下來吧，拜託妳。」我繼續往前走。她改用更輕柔的語氣說：「這是妳最起碼該對我展現的善意。」

也許打動我的就是那個詞——**善意**。我不記得聽她用過這個詞，一次也沒有。這兩個字讓我停在原地，轉身看她。

我不曉得會不會也有其他人在她那雙淡色眼睛裡，看到我當時所見的一切。我不認為會有。其他人可能頂多會看到她不斷穩定大步向前，一點也不累，也會看到她都很有耐心等我喘口氣或恢復力氣，甚至會看到她每晚到處覓食，替我帶回我未必都認得出來的東西吃。

可是當我想到她的時候，我在她眼中看到的，始終都是那種茫然又難以捉摸的狂野，而我至今還沒有在其他人眼中看過。那種狂野總是一瞬間便消失得無影無蹤，但在那個短暫的片刻，她簡直成了一個徹頭徹尾的陌生人：不論我多用力盯著她看，或多強烈注視著她，甚至連眨了眨眼，還真的甩一下頭，也擺脫不了這種感覺。不過，那位無名的陌生人每次出現和消失，我都知道，也總是看得出來。我等著她出現。

黛胡恩說：「前陣子，妳有一次宣稱說，妳認為自己……要對我負責，還說除非我回頭，否則妳也不會回頭，還記得這件事嗎？」我點頭。她放慢速度繼續說：「我花了遠比妳想像還久的時間，才承認自己也開始有相同的感覺。從我得知關於自己的真相後，這輩子都是獨自旅行。除了父母以外，我從沒交過任何朋友。」她試著要笑出聲，「請妳見諒啊，我甚至不覺得自己能對妳說明，所謂的朋友是什麼樣子，又或者會做些什麼事。但我認為，妳可能就是我交到的一個朋友，要是這麼說妳能接受的話。」她的目光轉開了一下，到底是因為害羞，還是因為後悔，我看不出來。然後，她的視線又回到我身上。「要是妳能接受的話。」

她又再次出現了，那個我認不出的陌生人，就像我永遠也聽不出夢中的歌是哪首老歌一樣。黛胡恩的眼神頓時變得既凶狠又寂寞，渴望著某種她無以名之的事物，就像我也同樣無法定義她這個人。在那一刻，我只看到眼前有一位高大女人，筋疲力盡，依然在搜尋死亡叔叔，現在卻非常願意接納身邊有個旅伴。不管我到底有多瞭解她，我的心情其實也和她一樣。

她向我伸出手，稍微有點遲疑。在此之前，她唯一會對我伸手的情況，不是為了救我一命，就是為了要抱住獨自陷入噩夢之中的我。因此，我也只能用雙手握住黛胡恩的手，和她一樣難為情地說：「當然了，妳當然是我的朋友啊。」

她微微一笑。光是有笑容，就已經是她難得一見的表情了，加上認識她這麼久才真正看到，讓我不由得問說：「不然還有誰呢？」然後，我們兩人看著彼此，放聲大笑。

「好了，那麼，」她說：「妳去哪，我就去哪。但是如果妳下定決心不管天涯海角都要跟著潔妮亞，妳永遠都追不上她。」過了一會兒，她補了一句：「妳自己也很清楚。」

「我只知道自己一定要這麼做。」我說：「沒帶著她回去，我絕不回家。夢人也很清楚這點。」

黛胡恩點了點頭。「我也很清楚。不過還有另一條路，如果妳願意讓我帶妳去的話。」我目不轉睛看著她，她以為我聽錯了，於是又重複一遍：「如果妳願意讓我帶妳去的話？」

「噢，」我繼續在那裡愚蠢地眨眼，「另一條路，當然好啊。抱歉，我發呆了。帶我去吧？」

說實話，我很感激她的提議，因為我只知道要沿著那條小溪去找潔妮亞——前提是她真的往那個方向移動了。除了沿著小溪外，我現在依然和之前一樣，搞不清楚到底該往哪裡去找她。我說：「謝謝妳，有朋友真好。」

讓我驚訝的是，黛胡恩向我迅速點頭示意後，立刻開始退回到我們來的那條路附近。我實在看不出這個舉動有什麼意義，因為這條路往旁邊一拐，消失在視線範圍外，而且是遠離我好不容易匆匆渡過，前往姊姊身邊的那條小溪。我大聲表示反對，但黛胡恩連頭也沒回，就把手指放在嘴唇上，搖了搖頭，不理會我們身後那些外表五花八門的夢人，他們像在嘲弄般一直跟著我們。我過了好久才明白，原來這條路在更遠的地方又會彎回來，所以到頭來其實差不多是與小溪平行，只是走在路上時，幾乎都看不到溪水。不過只要我站著不動，勉強就能聽到小溪像任何一條河，發出喃喃自語的流水聲。聽到後，我說：「噢，很好。」

「我完全不清楚我們到底有沒有機會追上妳姊姊，或者什麼時候會追上。不過我們知道她正在往哪邊走，最起碼這一點，我還算有把握。」黛胡恩嘆了口氣，把揹著沉重旅行背包的肩膀挺直。「那麼，就繼續前進吧？」以前，這種事從來都不必問。

於是，我們開始往前走，穿越那個總是一成不變卻又隨便改變的國度。我是這時才慢慢瞭解，但黛胡恩恐怕從我們結伴旅行的第一天起，肯定就知道了：所謂的「夢人」指的並不只是那些居民，那些偷走我姊姊的生物……我的潔妮亞，我在還沒見到她之前，就一直這麼叫她。「夢人」其實也是指**那個地方**，那個小孩想像中的世界，在那裡，要是不想讓事情繼續**這樣**或**那樣**，自己就能動手改變一切；在那裡，沒有任何規則，永遠不會有。小孩都討厭規則，而唯一的例外，就是當他們想要立刻發明新遊戲來玩的那個短暫片刻。我能懂，因為我自己就是那樣，或者該說要不是有瑪爾卡在，我很可能會變成這樣。瑪爾卡設下的規則，始終都是我遵守的規則。

這麼說的話，就某方面來看，其實也沒有所謂的夢人世界。只有現在這個當下——永無止境的**現在**。

我們繼續前進，就我和我的石頭旅伴。我時不時會發現自己慢下腳步，甚至直接停下來，原因不外乎是好幾個先前從沒見過的夢人，像是兩個身體有一半是熊的夢人，在矮樹叢裡追著彼此跑，我到現在還是搞不清楚他們身體的另一半到底是什麼。有一群夢人在頃刻間看起來像小孩，對著我們咆哮，還擋住我們的去路，結果我們一靠近，他們就變成小小的樹蛙蹦蹦跳開。

每次我都會站在原地，目瞪口呆好一陣子，忘了自己在哪裡，搞得我幾乎希望他們能別再一直耍這種把戲，有什麼話就對我直說。除了之前那個奇怪的男孩，就是有一口過於尖銳還閃閃發光的魚牙齒那位，在那天早上蹲坐在快熄的營火旁和我交談之外，我在夢人國度到處走動的這段期間，沒和任何夢人講過半個字。但說實話，我始終沒有完全克服對他們的恐懼。我現在敢承認這點了。一部分的原因是，我在腦中老是把他們和那些男人混在一起。那些男人就這樣在我腦中住了下來，現在也還是在那裡——依然存在，沒有消失。只有黛胡恩能明白這件事。

某個寒冷夜晚，我醒了過來，不是被噩夢驚醒，而是某個疑問使我清醒，讓我睜著眼睛無法入睡，在那之後有好幾晚都是這樣。要是潔妮亞當時想跟我回家，卻出於某種原因而做不到呢？我很常幻想著這件事就睡著了，然後突然清醒，想著**萬一她真的想和我走，卻沒辦法離開這個地方、沒辦法穿過入口，不管怎麼努力就是辦不到，那到時候要怎麼辦？我到時候該怎麼做才好？**

我還記得那個男孩警告過我：「她還沒出生，就已經屬於我們了……」那段話到底是什麼意思？我和潔妮亞姊姊是相隔多年，分別踏進夢人國度，不過我們是在什麼時候真正進入這裡的？我們究竟是在哪裡真正跨越了那條分界線？我會知道嗎？我能相信那些傢伙有誰會告訴我嗎？

黛胡恩……黛胡恩有一次告訴過我，可是我當時沒在聽。她說如果我現在轉身，完全沿著來的那條路直直往回走，就可以在夢人能阻止我之前回家。那似乎已經是很久之前的事了……比那些男人傷害我之前、比黛胡恩本人出現之前都還要早。我們一邊跋涉，我一邊對她說出自己的擔憂，她聳了一下肩，動作小到幾乎難以察覺，接著說道：「為什麼要問我？妳一心一意想跟著她，而我非常堅持要陪妳去，我們誰也不清楚最後到底會走到哪裡。所以，離不離得開這裡有差嗎？」

「我別無選擇啊，之前就告訴過妳了！」黛胡恩這次都懶得聳肩了。在那之後，我們有很長一段時間沒再交談。

在同一天下午，我看到潔妮亞兩次。第一次的時候，她被一整群看起來像發光螢火蟲的東西團團包圍，一閃一閃亮晶晶的，連她頭髮裡都有。要是盯得夠久，那些螢火蟲就會慢慢變成一群可愛的小蟲子……只不過靠得非常近的話，便會發現那些小蟲子根本沒那麼可愛。至於第二次，只有她獨自走在小溪的對岸，看起來完全是一個人，沒有夢人聚集在周圍、推擠著她。我本來要直接走向她，要不是黛胡恩默默碰了一下我的手腕，我恐怕就不會看到有三四個傢伙正保持著距離，跟在她的兩側。他們比平常出現的那些夢人都還大，雖然也沒有大上多少，卻不容忽視。這也是我第一次看到，他們身上穿著爸爸告訴過我的那種閃亮羽毛衣。我不太曉得該怎麼描述那些夢人，只能說他們幾乎稱得上是很漂亮，卻也沒到那麼漂亮。我想我的意思是，他們來來去去的方式，光是看著便會刺痛眼睛，就那麼一點點而已；他們一下在東一下在西閃現，在**離開**和**回來**和**幾乎出現**之間的狀態跳來跳去，就是這麼回事。他們散發著危險的甜美氣息，但誰都永遠無法好好注視著他們，因為他們從來不會完全靜止……絕對不會完全靜止。我已經盡力形容了，也很清楚這樣描述還是不準確。

即便如此，要不是先看到了黛胡恩臉上的表情，我八成還是會跑向潔妮亞。我低聲問：「什麼？**怎麼了**？」我實在太需要再次緊緊抱住姊姊了，雙腿正興奮地發抖。

黛胡恩用小聲到不行卻清晰無比的聲音說：「妳要是做出心裡正在想的事，她就會消失不見，而且這次妳會再也見不到她。」我還記得，聽到她這番話的時候，自己正半蹲著，準備狂奔過去。她像往常一樣平靜地繼續說：「這個當下，她還以為妳聽進她的警告，早就放棄回家了。她絕不會再犯下同樣的錯，也遠比妳還清楚該怎麼在這個地方隱藏蹤跡。別讓她看到妳，繼續前進。照我的話做，蘇茲。」

黛胡恩從頭到尾都沒有提高音量，不過這卻是我認識她以來，她第三次叫了我的名字。我們繼續往前走。不久後，潔妮亞再度從視野中消失，因為我們走的路變成下坡，還突然出現一堆像飛花的東西，完全遮住了她的身影。那天後來，我們都沒再看到她。

當晚，我們從小溪汲水喝，懶得弄晚餐來吃。黛胡恩像平常一樣客氣地說要去打獵，但我又累又難過，根本沒空去管自己餓不餓。我生了火，也早就注意到夢人從來不必生火取暖。黛胡恩坐在那邊看著我，目不轉睛，她這麼做老是讓我緊張兮兮。仔細想想，還真奇妙：這位石頭朋友曾治療我、安慰我，為我覓食，保護我免於危險，她始終令我驚奇又困惑，有時也讓我害怕。此外，我在她身側造成的傷口，一直都沒怎麼癒合。

最後，我疲倦地開口說：「妳覺得……會是明天嗎？」

黛胡恩又用肩膀做了個動作，我老早就決定把它當成是聳肩了。「明天、後天，我沒辦法確定。遲早……沒錯，我們遲早會追上她的，到時候妳就會有一次機會——只有那麼一次機會，聽到嗎？——可以說服她離開這裡，跟妳一起回家。」說完，她轉身背對我躺下。「至於要怎麼說服她，全看妳了。」

我什麼話也沒說。過了好久，久到我以為黛胡恩已經睡著了，她才說：「容我再多嘴說一件事……」我沒回話，於是她繼續說：「別衝過去抓著她不放，這麼做只會讓她瞬間就消失不見，像**這樣**——」她這時還真的打了個響指，「就像**這樣**，然後妳就再也見不到她了，我敢保證。」接著，她再次進入夢鄉，我卻睡不著。那一晚，我始終沒睡。

隔天晚上也一樣，反正睡了也和沒睡差不多。那天，我們不只沒看到也沒聽到潔妮亞，甚至是第一次完全不曉得本來一直保持在我們右側的小溪到底在哪裡。我們腳下那條路直接一個大轉彎，不再與小溪平行，而且那簡直稱得上是急轉彎，盡頭消失在開滿花的樹林裡，樹上的紫葉有如惺忪的睡眼。我一發覺完全聽不到溪水聲，便停下腳步，望著黛胡恩。她回頭看我，卻什麼也沒說，而且繼續大步向前走。

我才開口說「也許我們應該要想一下……」，就馬上住口了，因為再說下去也沒有任何意義。當下沒有其他路了，就只有我們腳下那一條，而我們唯一能做的，就只是希望這條路在某個地方、某個時刻會往回轉，朝小溪和潔妮亞的方向前進。現在想想，在那個節骨眼，我內心似乎不再懷抱什麼希望或憧憬，唯有那橫衝直撞、不顧一切的固執。有時候，光是這樣就足夠了。

那天後來，我們有好長一段時間都是默默在走路。妙的是，我發現自己這次居然不是在想爸媽，而是黛胡恩的父母：他們不惜違反規定和傳統來愛護她，結果卻放任她這樣獨自離去。他們知不知道她在尋找死亡叔叔的時候，那種堅持不懈的精神就和我尋找姊姊的時候一樣？我可不覺得他們會明白……但真要說的話，我難道真的瞭解每個人所知道的一切嗎？媽媽還是會去市集買那些我以前很愛吃的小餅乾……爸爸晚上老是覺得有必要確認我在家——爸爸那時候看著我跑出門去找夢人，就像**她**以前那樣……

我後來沒再胡思亂想下去，因為我隔天晚上終究還是敵不過睡魔。那時，我確實睡著了，卻也做了夢。別再想了。我睡著了，然後做夢，黛胡恩並沒有叫醒我。別再想了。

第七章

我醒來的時候，天色已經昏暗，但還沒變黑，黛胡恩卻不見蹤影。我手忙腳亂爬起來，四處摸索靴子時，看到有人影站在遠處。

總共有兩個，其中一個就夢人的標準來看，已經非常像人類了。她看上去簡直就像某個王國的公主，穿著長袍，戴著王冠和各種飾品，表情冷漠卻不失優雅，但是那些爪子手都比人類多了一根手指。毫無疑問，她確實長得很漂亮，有可能是我見過最漂亮的生物。不過，她令我感到害怕。

另一個人影……即使到了現在，即使我閉上眼睛，清楚看見他的樣子，我也描述不出他的模樣。這和我至今依然看得見那四個男人的情況並不相同——我永遠都會在腦中看見那些人，永遠擺脫不了，我也只能接受這點了。這個夢人卻不一樣。

他整個人好大，是真的很龐大，這點本身就很怪了，因為夢人一般不會讓自己變得那麼大。我是說，他們想的話，應該是可以把自己變得很大，畢竟我認為他們和我們不同，不必隨時都保持同一種外形。但我幾乎從來沒見過夢人長得比一般高大的人類還要大——只有眼前的這個是例外。他和媽媽那個老舊的五斗櫃一樣高大，就連安伯斯叔叔伸長了手，都碰不到櫃子的頂端……他也和大象一樣巨大，雖然我還沒看過，不過我知道這種動物就是有那麼大。

他和那個漂亮的女夢人一樣，外表也帶著那種乍看會讓人有所警覺的帥氣。我有預感，要是他徹底解放的話，看起來可能會更像是某種邪惡的東西，而不是一名友善迷人的男子。偶爾，他的真面目會在一瞬間不經意跑出來，這時他的眼睛就會發出異樣光芒。不過沒仔細看，是看不出來的。

我說：「我在等我姊姊。我不會離開的。」我還得重複一次，因為第一次沒有講得很清楚。

那個女人——管她到底是什麼——對我微笑，是個稱得上友善的微笑。她說：「不，妳才不會，永遠不會。」

永遠不會找到我的潔妮亞？永遠離不開這個地方，這個沒有國王統治的永無止境國度？永遠不會找到回到我父母和我們家那些山羊與笨綿羊身邊的路？還是她另有所指，說的是某種更糟的情況？某種我連想都還沒想過的結果？

「沒有再找到她，我是不會離開的。」我非常大聲地說，因為在那個當下，我亟需為自己壯膽，「等我找到她，我們就會出發，誰都沒辦法阻止我們。我們會一起回家。」

那個女人臉上始終保持著微笑，但是大個子臉色一變。他喃喃說出的話，讓我想起那個魚牙齒男孩講過的話：「**她還沒出生，就已經屬於我們了……**」不過大個子還加了一句，雖然沒有提高音量，每個字卻一清二楚：「而妳也是、妳也是。」

女人迅速瞪了他一眼，彷彿警告過他別把這件事說出來。接著，兩人就突然消失不見了，而我不得不坐下來，因為兩腳都不聽使喚了。雖然平常要這雙腿做什麼，它們都會照做，但是顯然壯膽的行為，勢必得付出一些代價。

我知道自己站得起來的時候，黛胡恩剛好回來。她在晨光的照耀下出現，雙手抱滿了某種鮮紅色水果，我始終記不住到底叫什麼。我們家附近沒有長這種東西，我其實不怎麼喜歡，不過算是懂它們好吃在哪，所以變得愛吃了，要是你明白我在說什麼的話。黛胡恩每次看到都會摘回來。我像白痴似的說：「妳去哪了啊？他們剛剛就在這裡！」

「我知道。」黛胡恩還是像往常一樣冷靜、面無表情，「我看到他們了。」

我開始問：「妳聽到他說的話了嗎？他告訴我的那些話？」接著便打住。我其實不太確定自己為什麼硬生生把話嚥下去，只知道很棘手的一點是，就算我們結伴旅行那麼久了，我還是永遠無法真正搞懂，這個石頭女人的腦袋究竟都在想些什麼。從我們相遇的那個糟糕夜晚起，她毫無怨言地一路跟著我，走遍這個不斷嘲弄我們也看不到盡頭的地方，就為了尋找我的潔妮亞姊姊。我也很清楚自己欠她的人情，遠比她曾經開口要求我回報的還多。即使如此……就某方面來看，我其實已經放棄去瞭解她究竟是誰了。她可以永遠跟著我，不過也可以在原地直接轉身，走出我的視線範圍外，永不回頭，就此走人。而我永遠都不會懂她這麼做的理由，就像我現在也搞不懂一樣。

於是，我最後只說：「噢，看來我們該上路了。謝謝妳幫我摘這些水果，我會邊走邊吃的。」

我也說到做到，還吃個精光。就像我先前說的，它就是莫名會讓人越吃越愛。

也許這就有點像夢人的國度。不，這麼說並不正確，因為我待在那個古怪國度的期間，從頭到尾沒有哪一刻感到舒適自在，真的一次也沒有。不過，要是我再也不回去那裡——我當然絕不會再回去——那個國度似乎還是對我有某種影響力，我心知肚明，而且直到現在，知道這點依然會在半夜把我嚇得魂不附體。可是我也曉得爸爸當時那匆匆一瞥，究竟看到了什麼，即便他並沒有真的親眼看見夢人國度。我還以為自己知道潔妮亞為什麼會覺得她屬於那個國度，又為什麼不願意跟我回家。結果證明其實我錯了，就這麼簡單。

當天或隔天，我們都沒看到潔妮亞的身影，也幾乎沒看到多少夢人。當時，我們正行經一塊低地，所以四周沒長什麼樹，我也說過了，夢人真的很愛樹木，而且我也看出那附近大部分的地面，對夢人來說都太潮溼了。我自己倒是很喜歡，因為不管往哪裡看，都能看到各式各樣的花，不論紫色還是黃色，都鮮明得令眼睛刺痛不已，也有五顏六色的矮樹叢，彷彿是在我們抵達前一刻的當天早上才潑上了顏料。有些花草的模樣簡直像年輕幼鳥或巨大蝴蝶，似乎只要稍待片刻，便能看到牠們躍入空中、翩翩飛舞。這些根本不是我們在尋找的目標，不過確實很賞心悅目——我得說句公道話才行。

我們每次都找某塊乾燥地面來鋪毯子，通常也無須多言就能安頓下來。我記得自己有一次沒頭沒腦劈頭就說：「妳很清楚，我是不會放棄的。」黛胡恩連頭也沒轉，便點頭回答說：「我從來不覺得妳會放棄。」我提高音量，重複了一遍：「嗯，不管要花多久，我就是不放棄。」黛胡恩又點了點頭，那一晚的交談就到此為止。

後來，那條沒有盡頭的路開始向下陡降，再緩緩朝右彎去。我只記得這時候路旁有座小樹林，很像柳樹，但還是不一樣。接著，這條路突然斜斜地往上直衝，又左彎右拐，像一匹馬試著要把我們甩下馬背似的，之後才變回平地……然後，她就出現在那裡。噢，她就在那裡。

她身邊有一小群夢人，他們緊緊簇擁著她，所以乍看之下人數很多，實際上卻沒那麼多人。但是就算距離那麼遠，我也還是立刻就能認出她。在那些夢人的環繞之下，她卻形單影隻，聽起來是很矛盾，但她獨自往前走，偶爾向左或向右稍微轉個頭，卻沒有真的在和誰聊天。我開始加快腳步。

黛胡恩的聲音從我後方傳來，她只說：「記住我說過的話。」

我停下腳步，站在原地。石頭女人沒再多說什麼，只是用她一如往常難以看穿的淡色眼睛，平靜地望著我的雙眼，等待我的下一步行動。我說：「我知道，我會記住，不過我還是得努力試看看。」

我幾乎是咕噥著說出最後幾個字，也不曉得黛胡恩到底有沒有聽到。我頭也不回地繼續前進，盡可能像潔妮亞一樣慢慢移動。當她看到我朝她走過去，即使相隔這麼遠，我也看得出來她立刻全身緊繃，準備拔腿就跑。不管黛胡恩之前建議我該怎麼做，老實說，要是潔妮亞真的逃跑了，我根本不曉得自己會怎麼做。沒想到，她逼自己轉過身來面對我，就這樣等著我走到她身邊。

這次，潔妮亞沒有環抱住我，而是小心翼翼地微微一笑，保持著戒心。至於我呢，我沒有抓住她，但是天知道我有多想這麼做。我甚至不記得自己有沒有對她微笑。最後，她開口了，不過只說出我的名字：「蘇茲……」

我說：「我們的媽媽很想念妳。」

她搖搖頭，還是很有耐心地對我微笑。「她是妳的媽媽，不是我的。」

「妳說反了。」我說。我雖然壓低了音量，可是夢人依然慢慢朝我們飄了過來，就和上次一樣。我說：「妳是她生下的小孩，是從她肚子裡誕生的。而我是出現在她家門口的箱子裡——我和瑪爾卡。妳到底知不知道這件事？」

這個問題實在太蠢了，她怎麼可能會知道啊，畢竟她從來都不去回想以前的事。不過，這番話顯然直擊她內心深處——我不只從她的眼神看出來了，也從她的呼吸聲聽出來了。她開口回答，可是聲音太小了，我聽不懂她在說什麼。我朝潔妮亞靠近，曉得黛胡恩這時已經來到我身後，卻沒有轉頭看她一眼。

我說：「妳四歲的時候，妳爸爸看見妳跟著夢人跑了。我們之所以叫他們夢人，就是因為妳以前老是這麼叫，妳記得嗎？」只見她一句話也沒說，我又問她：「妳還記得那一天嗎？因為妳爸爸到死都不會忘記那一天發生的事。他晚上睡不著的時候，會走遍整個家，還查看我房間，確保我就在那裡，而我每次都能聽到他的腳步聲。」

「蘇茲。」潔妮亞說。這是第一次她的聲音聽起來像另一個人的聲音，某個想要說另一種語言的人。「蘇茲，別說了。」

但是我繼續說下去，因為我就是得說。我不得不說。我的聲音開始處於崩潰邊緣，而我非常努力想讓它保持平穩。「我知道妳還記得，跟我說說看吧。」她把頭轉開。

我還是沒抓住她，不過已經近得可以聞到她整個人、聞到她的氣息，聞起來有如冬天的寒意，冰冷刺骨。我說：「我從來就沒有機會認識妳，因為要開口談論妳，實在讓他們無法承受。**他**唯一記得的是妳的生日派對，還有夢人像他們兩人以前那樣牽著妳晃來晃去的時候，妳看上去有多快樂。妳還記得嗎？」沒錯，我現在正對著她大吼大叫，完全無法狡辯，即便黛胡恩也望著我。「**妳還記得嗎？**」

夢人擠進我們中間，直接隔開我和潔妮亞。我才不管他們，繼續大吼：「妳還記得**自己是誰嗎？**」她不肯把頭轉回來看我。

一個非常小的男夢人，看起來有點像憤怒的老嬰兒，毫無預警地朝我的腳踢了下去，害我跪倒在地。我從頭到尾都沒看到黛胡恩移動，不過倒是看到那個夢人飛了出去，同時她迅速把我拉了起來。她沒發出半點聲音，卻齜牙咧嘴。

我用力甩開黛胡恩抓著我的手，一邊喘著氣，一邊努力想恢復正常呼吸。我朝那一大群夢人的上方，用盡力氣大吼：「這裡才不是妳的家！這裡才不是妳住的地方！」

突然間，她轉身面向我，硬是擠開那些看起來像人類、正在成群結隊的生物，朝我走了過來。那些夢人不算是在阻止她，倒是發出了某種像火在燃燒的劈里啪啦聲響。

潔妮亞完全不理他們，彷彿他們根本不在那裡。「我不能回家，蘇茲，我才不敢。」

她沒有說「我不敢」，我本來應該要注意到的。「我才不敢」和「我不敢」是兩回事。那時候，我其實沒有完全注意到其中的差別，只知道有哪裡不對勁。

「妳在說什麼啊？」我質問她，「妳當然可以回家啊！**他們**正在等妳，他們一直都在等妳！妳也一直都很清楚這點啊！」這正是讓我那麼生氣的原因，我對她拋出這些話的時候，才真正明白自己為什麼氣成這樣：既不是因為她不見了那麼久，也不是因為我為了找到她，經歷了多麼漫長的旅程——這些全都無所謂，至少我現在是這麼認為。但是她顯然很**清楚**……

「蘇茲。」潔妮亞的聲音聽起來空洞刺耳，卻再清晰不過了。在她周圍那些嘰嘰喳喳的吵雜聲中，那是全世界我唯一聽得到的聲音。「蘇茲，我當時才四歲。」

我不懂她想說什麼。「我知道妳那時才四歲啊。媽媽跟我說過妳的生日派對，妳的表親都來慶祝了。」

潔妮亞沒有哭，就像夢人從來都不哭，也永遠不哭一樣——但是她的眼眶溼了。她說：「我現在二十一歲了。」

我說：「而我十七歲了。」

這時候，有幾個夢人走過來推我，想逼我遠離潔妮亞，其中有兩三個身形大到看起來很凶惡，另一個又老又蒼白，沒有固定形狀，我無法判斷對方到底是男是女。即使如此，我也不讓開，黛胡恩則發出某種聲音，讓他們躊躇不前。在那一刻，我的注意力全放在潔妮亞身上。

「就算我忘了，他們也總是記得我的生日。我二十一歲的時候，他們對我說……」這是她第一次遲疑了，「蘇茲，他們對我說，我可以選擇。」

「選擇**什麼**？」我問說：「**他們**又是誰？」

我早就知道不管哪一個的答案，我鐵定都不會喜歡。但是當下，我才管不了那麼多。沒錯，我已經累到真的什麼都不管了。

潔妮亞深吸一口氣，才再次開口，我聽得出來她盡力想穩住自己的聲音。她說：「我可以不用再長大，不會變得比現在還老。要是我願意的話，我可以永生不死。」

我不懂她在說什麼，於是只能盯著她看。

姊姊說：「這裡的每個人，每個妳看到的人，他們全都決定了自己是誰、自己要成為什麼、選擇要讓別人看到什麼模樣。他們可以自由選擇自己的年齡、性別、種族。妳也很清楚這點啊，蘇茲，畢竟妳已經看過他們了。」

我匆匆朝黛胡恩看了一眼，她就站在我身後不遠處，既沒說半句話，表情也沒半點變化。我覺得自己應該是想要她有所表示，使勁搖頭，向我保證我剛才其實沒聽到那段不該聽到的話。結果她幫不上忙，因為她忙著不讓那些夢人靠近我和潔妮亞，還同時要讓自己看起來不好惹。我最後只設法虛弱地擠出一句：「我不懂。」

這是潔妮亞首次露出有點尷尬的表情。她說：「蘇茲，妳好好聽我說：我必須決定自己到底想不想變得長生不老。」她面向我，態度幾乎可說是挑釁，還真的跺了一下腳，就和我小時候對某件事氣到不行時會做的動作一模一樣。我得說，比起我以前發脾氣的樣子，她生起氣來要好看多了，因為我每次都滿臉漲紅、口沫橫飛。我姊姊看起來卻漂亮多了。

然而，我們目光交會的瞬間，我在她眼中看不到半點喜悅或勝利之情。她的其他一切，沒錯，那一頭柔軟捲髮、散發光澤的淺褐色肌膚，還有充滿自信的一舉一動，彷彿她從來不必思考自己醜不醜、孤不孤單、害不害怕……在在證明了她簡直就是專為我父母量身打造的小孩，或是我的那些親戚，甚至連愚蠢的安伯斯叔叔也包含在內。我還記得自己當時站在瑪爾卡的墳前，第一次冒出了這種想法：**她看起來比我還更像家族裡的其他人……**

只有那雙眼睛不是。那對灰眼已經變成陌生人的眼睛，可怕到我花了點時間才認出那是誰的眼睛。潔妮亞還在喃喃自語，不斷低聲說：「我不知道……我不知道……」

「不知道什麼？」我質問她，「妳不知道自己到底是想待在這裡，這個妳當初離家跑來的地方？還是妳想回家，回到本來就屬於妳的地方？現在就告訴我，妳到底想怎麼做，讓這一切了結！」

我不知道她會怎麼回答，只知道我非常害怕聽到她的答案，卻必須講得好像自己並不在乎。對我來說，這向來都是天底下最難做到的一件事。我覺得自己從來沒有真的表現出那種毫不在乎的語氣。

潔妮亞的聲音聽起來更清楚了，卻依然在發抖。「蘇茲……蘇茲，我永遠都不會死。他們告訴我，我可以永生不死……他們說我生來就注定要成為他們的女王——」

接下來發生的事，我沒什麼好誇耀的，也找不到半點藉口來辯解。我扯著嗓子放聲對她大叫：「那就是他們承諾妳的事？妳天生就是要成為這個地方的女王？這個夢人國、妖精……管他們到底是怎麼叫這裡的，而妳會永遠統治這裡？就這樣，這就是妳想要的？好吧，如果這真的是妳想要的，那祝妳好運，我這就回家了。反正妳從來就不屬於我們！妳從以前到現在都不是！」

說完，我立刻調頭就走，遠離姊姊，那個我從來不知道的姊姊——那個我付出巨大代價才找到的姊姊。她出聲叫了我的名字，但是我始終沒回頭。反正我就算回頭，也看不見她，因為我已經失去理智，什麼也看不見了。黛胡恩扶著我的手，為我帶路。

我想黛胡恩回頭看了一次，我感覺得出來。但是我其實也不清楚。

第八章

那天後來發生了什麼事，我不太有印象。有時候，我自己一個人走；有時候，我突然不得不坐下來休息，黛胡恩就會過來幫忙。這種情況出現了好幾次，不過黛胡恩從未打破沉默，只是默默在陰影處幫我找安全的地方休息，等我恢復力氣，可以繼續前進。總共休息了三次，不是兩次，我只記得這麼多。

我們當晚到底是在哪裡過夜，我也不太有印象。我只記得那個地方很溫暖，兩人也一直保持沉默。而我唯一做的事，就是躺下來，仰望空無一物的天空，等待天亮。這時候，我幾乎沒想到姊姊，反而主要是在想那些剛出生的小山羊，現在肯定都長大了。我到底離家多久了？搞不好只有一分鐘，也可能已經一百年了，多久都有可能。我不斷在腦中看到那些現在已經長大的山羊寶寶，在岩石後面生下自己的小孩，然後就像山羊平常那樣到處蹦蹦跳跳。那一晚，我比誰都還想念那些小山羊。黛胡恩為了打獵，離開了兩次，但都空手而歸。

我不覺得她有睡得比我好。她確實幾乎整晚都閉著眼睛，但是那根本不代表她睡著了。當我聽到黛胡恩靜不下來、翻來覆去，便睜開眼睛，正好看到她站了起來，回頭望著我們來的那條路。她非常小聲地說：「我們得回去。」

她原本應該沒打算讓我聽到，但我聽到了。「我們得做什麼？」

我根本不曉得自己已經起身，還發出那麼大的聲音，直到黛胡恩轉過來面向我，我才看到她有多驚訝。我說：「才不要，想都別想。」

黛胡恩講話從不提高音量，幾乎從來沒有，這也是她最令人傷腦筋的其中一點。不過，我已經慢慢能從那對奇妙的淡色眼睛裡看出她的情緒，前提是我有用心去看的話。「蘇茲，聽我說，要是妳還想再看到妳的家，我們就得沿著原路折返，重新走一遍。沒有別條路可走了。」我才張開嘴巴，她就已經打斷我，連讓我吸一口氣的機會也沒有。「沒錯，妳必須相信我說的話。我很清楚自己在講什麼。我很清楚，蘇茲。」

而我當然知道她是對的，但要我承認這點，門都沒有。瞭解情況和乖乖聽話完全是兩回事，反正對我來說，這兩件事無法劃上等號。我沒辦法就這樣直接道歉，也厭倦要一直道歉了。

「不，」我說：「就是不要。妳自己回去，愛去哪就去哪。我自己也找得到路。」我發出的聲音是我這輩子從沒聽過的。「妳怎麼可能會知道回家是怎麼一回事啊？妳根本不曉得家到底長什麼樣子！因為妳從來沒有一個真正的家。就算妳跌在家門口，也根本認不出來！妳就只會一直慢吞吞拖著腳步，到處尋找死亡叔叔，可是就連他也懶得理妳！」我沒辦法住嘴，我發誓真的辦不到，「妳根本不屬於任何地方！我為妳感到難過，而且是真心這麼認為。」

黛胡恩眼睛連眨都沒眨，就只是站在那裡看著我。而當她看著我，我還在亂叫的時候，我明白了一個可怕的事實。

全天下最糟的事，不是失去自己擁有的一切。全天下最糟的事，不是感到心碎。失落感終究會消失，痛苦也會過去——甚至連心痛感也會逐漸淡去。全天下最糟的事，其實是傷了真正關心自己的人的心。我現在懂這個道理了。

然而，最糟糕透頂的事，是我在那個當下已經領悟了這點，只是表達不出這種體悟。但我心裡非常明白這個道理。

黛胡恩轉身就走，朝我們來的方向離去。她沒說半個字，也沒回頭。她的背像往常一樣挺得直直的。我看著她走到那條路後，也跟了上去。就算我蠢得說出那些話，也不代表我是**白痴**。這可是兩回事。

我本該更早趕上黛胡恩的，不過多花了點時間才跟上她。等我終於追上她，便和她保持幾步的距離，走在她後面，就像她平常跟在我身後那樣，而且我稍微靠向路邊走。她始終沒看我，一次也沒有。在這整段期間，我一個字也沒說。

黛胡恩完全知道我們是在哪裡迷路的。要不是夢人出現，我永遠不會知道。前一晚，我們路上幾乎連半個夢人都沒看到；現在，隨著我們不斷前進，夢人也越變越多，不是尾隨我們，就是嘲笑我們，或是硬要陪我們走這段路。有時候，他們看起來像我之前看過的夢人，比如說那個魚牙齒的男孩總是在，還有那個漂亮的女人，笑的方式老是讓我希望她不要再這麼對我笑了；有時候，他們看上去可能和普通的人類沒兩樣，只不過他們可是夢人，始終就是有哪裡看起來不太對勁。但我已經習慣有他們的存在了，所以大部分的時候，都不再像之前那麼困擾。總之，大部分的時候都沒什麼問題。

黛胡恩突然停下腳步，遲疑了一下，接著小心翼翼轉向旁邊，有十幾個或更多的夢人在那邊吵吵鬧鬧，想把我們從她原本要走的路上擠開。我得把夢人推開，才能走到黛胡恩身邊，聽到她說：「我們要走這條路。」

每個夢人都在高聲大喊。「沒有路了！禁止過去！沒有路了！不能過去！」我們待在這個國度的期間，我從來沒聽過他們這樣尖聲大叫，語氣非常不安，甚至有些驚慌失措。我想可能是因為那裡真的**沒有**所謂的路了，眼前出現的是某種峭壁，我們得往上爬，才能繼續朝我們打算要去的地方前進。黛胡恩途中腳滑了一兩次，於是我得回頭伸手抓住她。不過她累歸累，讓我能好好站穩的人往往都是她：她會扶著我，等我能站穩、喘口氣、繼續往上爬。不管怎樣，等我們爬到那座峭壁的頂端，兩個人都筋疲力盡了。

夢人沒有跟著我們爬上來。確實有幾個夢人來到峭壁頂端，還一路推推搡搡、嘰嘰喳喳聊天，不過他們都很快就落回地面，像松鼠一樣在灌木叢裡追著彼此跑。我們繼續疲憊地向前走，我還是保持距離跟在黛胡恩身後，內心有部分依然希望她會開口和我說話，有部分也害怕她真的會對我開口。對一個與自己同行的人抱有這種喜憂參半的感覺，真的是糟透了。我差點覺得找那些夢人再來當旅伴，好像也沒關係。

我們正在行經的地方完全不像之前看過的鄉村風景：放眼望去，整片都是全黑且幾乎靜止的水，粗短的樹根到處突起，像巨大的膝蓋，上面則覆蓋著怪異的柔軟樹皮。我們經過的時候，我伸手去碰了一兩塊，然後立刻把手縮回來。不管那到底是什麼，摸起來都不像樹皮，反而感覺像要奪走我的手。

我們都沒怎麼停下來休息。這時候休息沒什麼意義，顯然也沒有地方會讓我們想坐下來休息。在這一大片廣闊的水之外，其實都稱不上是溼地，但也沒有什麼地方是完全乾燥的，要是你理解什麼叫做**乾燥**的話。

我們最後在一棵沒有葉子的灰樹下安頓，盡可能利用我那件潮溼的外套。當然了，我主動表示要挪出空間給黛胡恩睡，而她當然不想和我躺在一起。她只說自己不需要，就這樣。

就這樣，直到天快亮的時候……應該是天快亮的時候吧，她才終於睡著。我又保持清醒一小段時間，直到確定她像平常睡覺那樣，呼吸時發出非常細小的口哨聲，我悄悄把外套蓋在她身上，有點希望我晚上殘留在上面的體溫，能讓她得到溫暖。然後……然後我深呼吸，伸出右手輕輕放在她身上，還隨時準備抽回來，假裝自己只是睡著後翻身才碰到她。接著，我低聲說：「拜託，我很抱歉。」

黛胡恩沒有動，也沒有從我身邊移開。於是，我們就這樣在潮溼的黑暗中躺著。最後，我也跟著一起睡著了。

我們一定睡了很久，因為醒來的時候，幾乎和睡著時的姿勢差不多。我們坐了起來，看著彼此，可說是有史以來全世界兩個對看最久的人了。就我所知，我們可能還會一直看下去，只不過我剛好打了個噴嚏，並開始發抖，而且是那種根本沒辦法形容或控制的無聲顫抖。我知道要不是黛胡恩用手環抱住我，我可能還會繼續這樣發抖。

不管她說了什麼、我說了什麼，或是我們究竟在那裡光是坐著對看了多久，全都不重要。人發抖到某種程度，會連抖都抖不了，完全連骨頭都感覺不到痛，全身的抽搐會變成喉嚨的窒息感，接著開始喘不過氣，只能發出嘶嘶聲，然後越來越糟。我到今天還是非常感激自己當時沒有吐出來，照理說接下來應該要吐才對，但這時候我早就把頭枕在黛胡恩的腿上了。所以情況本來還會比這糟很多，真的不騙你。

黛胡恩說：「妳餓了。」我搖頭。不過我**的確**餓了，她當然也知道。所以她只好獨自離開，去幫我找些東西來吃。我認不出那是什麼，但在黛胡恩的注視下，還是乖乖把它吞了下去。然後，我們再度上路，雖然還是一樣保持沉默，這次卻肩並肩一起走。

眼前這片沼澤，或者不管它到底是什麼，簡直是無窮無盡，反正那天的景色幾乎都由它包辦了。太陽下山之際，我們腳下的地面開始慢慢隆起，不是什麼很陡的大斜坡，只是那種要費點力才爬得上去的緩坡。黛胡恩沒說什麼話，畢竟根本沒必要，而且她顯然也忙著喘氣，沒空開口。隨著我們繼續前進，這成了我擔憂的另一件事。

黛胡恩還是很強壯，遠比我要強壯得多。也許這只是因為她是由石頭所構成，也許從某方面來看，是源自她的內心，是因為相信自己這個人——或這個東西——就是如此強大，而這股凶猛的力量，讓她總是能在我跌倒時抓住我。即使如此，她已經不再擁有那種用之不竭的精力和俐落身手了，那些都是我之前習以為常仰賴的能力。

我這時才理解，原來我照看她已經有一段時間了——**實際上到底多久了？**她發現我的那一晚，我孤伶伶待在月光下，因為恐懼、憤怒、痛苦，幾乎快發瘋了。從那時起，她就一直小心翼翼地照顧我，而現在，輪到我這樣照看她。我們氣喘吁吁地爬上爬下的同時，我很想告訴她：「沒事的，我就在這裡，我會照顧妳，我會的。」但是我永遠不會對她這麼說，絕對不會親口說出來。看來，就連我也終於懂什麼叫默默付出了。

無論如何，每當我踩在到處都是石頭又滑不溜丟的狹窄地帶，腳根本撐不住的時候，她往往還是那個緊握著我的手，把我拉上去的人；或是當我看到寬廣的山谷，胃就一陣翻騰，連想都不敢去想，她就是那個耐心哄我橫越過去的人。我通常都會跟她說我累了，確保她也能多休息。我從來就不是什麼有本事的獵人，但是只要別想太多，那些被曬傷的小株植物和草葉其實都能吃。我也變得擅長聽出沿途是不是有小溪傳來的細微水聲。我拿水壺去裝水，甚至有好幾次，因為太黑了，我根本看不到小溪，只好直接用手把水捧回去。

要在這裡找到乾燥的地方睡覺，比之前容易許多，所以確實輕鬆了一點。除了有淺淺的洞穴外，還有幾塊大岩石滑落後，形成像是半個屋頂和幾面牆的空間。我們盡可能靠在一起睡，好保持溫暖。我有時候發著抖醒來，黛胡恩便會翻身，抱住我好一陣子，直到我的身體不再顫抖。到目前為止，我只知道她自己從來不覺得冷，也從來沒被驚醒過。

但是**孤單**……既然黛胡恩是她那種人當中唯一的倖存者，因為其他人出生後就會立刻被殺掉，她怎麼可能不感到孤單？就我所知，黛胡恩對愛的認知，是來自她的媽媽和爸爸，那兩個決定撫養並保護她的人，直到她為了要保護**他們**而離家出走。除此之外……除此之外，她就只有我了。不過事到如今，依靠我會落到什麼下場，應該也很清楚了吧。她對此當然也心知肚明。

又過了一兩天，高聳的山丘地形開始慢慢變少，但是搞不好晚點地面會再次隆起，逼我們又得重新爬一遍。即使如此，前方的路顯然真的看上去都是平地，這樣很好，因為我的腿開始像新生羔羊的腿那樣搖搖晃晃、不停抖動。黛胡恩依然健步如飛，保持平常的穩定速度，你得靠得夠近，而且是我或她願意讓你靠近的程度後，才能注意到她呼吸似乎**有點問題**——可能是哽住了，或只是稍微多吸了那麼點氣……或者可能兩者都不是，是你搞錯了。黛胡恩沒有洩露出任何身體不適的端倪，從來沒有。

這片大地最後逐漸化為沙漠，不只越變越乾，還是毫不留情吸光水分的那種乾。起初，到處都還能看到一點水，接著水就完全消失了；一開始，四處都還散布著一小叢植物，甚至像蜥蜴、蛇、老鼠等非常小的生物也爬來爬去，吃掉彼此。最後，什麼都沒了，於是我和黛胡恩開始挨餓。

挨餓這種事，我不是沒有經驗。我知道饑荒時期是怎麼回事，也記得媽媽曾把家裡的最後一條麵包分給我們全家四口吃，或是想辦法用收成後放太久而變軟的胡蘿蔔，加上幾顆早就老掉的蕪菁，做出一頓晚餐。我在尋找姊姊的途中，曾經有好幾晚都哭著入睡，而我難過啜泣的理由，是擔心家人會永遠找不到我的遺體，因為我將永遠消失在這些空蕩蕩的山丘和霧茫茫的瀑布之中。但是每過一兩天——有一次是隔了三天——我會碰巧在某處找到水，既然有水，附近就一定會長些什麼。以上這些經歷，都是黛胡恩出現並找到我之前的事了。

不過，我現在餓壞了。以前就算是慘到不行的時候，我也從沒用過這個詞來形容自己的感受，現在腦中卻浮現這個詞，因為我知道黛胡恩也跟著我一起餓壞了。雖然她很久很久以前說過，自己不吃不喝也沒關係，「石頭為何要吃東西呢？」但是我會說她也餓壞了，不是因為她真的一路都不吃不喝，而是因為**餓壞了**是人類才會有的感覺，我也感覺得到她散發出前所未有的恐懼。我想告訴她別害怕，我還是她的朋友，不論發生什麼事，都一定會照顧她。還不止如此，我真正想說的，其實是我們會照顧彼此，因為我們之前都是這樣一路走來的。我們始終都是這樣照顧彼此。

問題是，我就是沒辦法把任何話好好說出來。而且黛胡恩開始揹著我前進，反正從某時候起就變成這樣了。餓過頭到某種程度，一切都會變得模糊不清，所以我不太清楚自己到底是從什麼時候開始被她揹著走。不過，我知道自己要求她在某個地方放我下來，因為我當時告訴她，我可以像任何人一樣好好走路。結果，她又開始揹著我走，也有可能那才是我第一次被她揹起來。我早就說過了，只要餓壞了，一切都會變得模糊不清。

接著，天色暗下來……不對，這可能是另一天，那時候正要開始天黑，天空變得非常漂亮，是我見過最漂亮的天空了，所以我當時並不在乎自己正躺在別人的背上。黛胡恩用她粗糙的手輕輕撫摸我的臉龐，口中喃喃說著什麼。我不覺得她當時在哭，因為石頭沒辦法哭，這是她告訴我的，我真的記得她這麼說過。然後，又出現另一個不同的聲音，從非常遙遠的地方傳來，但是我認出來了，努力想坐起來回應，卻發不出半點聲音——那是我姊姊的聲音。

第九章

我感覺到有水，聽到某處有馬在嘶鳴，還有人在說話。水一直嘩啦嘩啦倒在我嘴唇上，讓我很難好好吞下去。我嗆到後，水馬上被拿走，然後我聽到黛胡恩生氣的聲音。我從來沒聽過她講話那麼生氣，我們結伴旅行了那麼久，連一次也沒有。我當時聽不出來她在說什麼，可是過了一會兒，水又碰到我的嘴唇，這次水流變小了，還伴隨著黛胡恩的聲音：「慢一點，就這樣慢慢來，慢慢喝……」我聽出來是她沒錯，只不過聲音多了一種我沒聽過的顫抖。「妳喝太快的話，會很不舒服，**慢慢喝……**」

我實在很難照做，因為我的嘴巴好渴，已經渴了太久，感覺根本沒有真的喝到水，反倒像雨水落下後會從沙漠的土壤上直接彈開，而不是被吸收。不過，黛胡恩從頭到尾都小心翼翼，用一隻手捧著我的臉，再用另一隻手傾斜裝水的容器，角度剛好能沾溼我的嘴唇，卻又不會讓水流到我的下巴。我記得有好幾滴水還是流了下去，於是用舌頭全舔乾淨了。只是喝個水就讓我累得半死，所以我覺得自己可能打了個盹。我其實也不確定。

如果我真的睡著了，那就是在聽到潔妮亞本人的聲音後，才醒了過來，也是這時候才發覺，我聽到這個聲音已經有一段時間了。看來，我剛才確實睡著了，但是現在醒來後，卻聽不懂她說的任何話，簡直就像她在用完全不同的語言講話，甚至是在唱歌。雖然聽起來是很蠢，但我想我真的拚命眨了眨眼睛，再豎起耳朵，好像這樣就能讓我聽得更清楚。

潔妮亞正在說：「我帶食物來了，她現在可以吃？」最後那一句是個問句，卻又不算是在問問題。她的語氣聽起來更像是小孩，而不是我姊姊。

我聽到黛胡恩簡短地回說：「把東西給我。」她的聲音聽起來不再生氣，已經回到那種沒有高低起伏、我已經習以為常也從沒多想的語氣。但這次聽起來，語氣卻單調冷淡。乍聽之下，兩者可能一樣，實際上卻截然不同。我知道其中的差異，我想潔妮亞也知道。

某個聞起來甜甜的冰涼東西拂過我的嘴唇，黛胡恩靠在我耳邊說：「吃點這個，慢慢吃……一次一口，只要一小口，這樣就好……」我知道那是某種水果，但不記得是哪種，就算我真的嘗過，它真正的味道、口感、所有一切，我都想不起來了。我確實記得的是，黛胡恩把手臂放在我的肩膀下，是的，記得一清二楚。

在沙漠地區，不管白天有多熱，到了晚上，都會變得很冷。黛胡恩離開去找可以拿來生火的東西，終於留下我和姊姊彼此對看。結果，氣氛詭異到不行，我花了那麼多時間，穿越夢人這個毫無道理可言卻處處是奇觀的世界，就為了要找到她，最後也真的找到她了，然後卻得再度追著她到處跑，只為了讓她再次告訴我，她不想跟我回家，因為她命中注定要成為所有夢人的長生不老女王……嗯，你可能以為我們至少有話可聊。你可能會這麼以為吧。

在暮色中望著潔妮亞，完全不同於我醒來後看見黛胡恩那對淡色眼睛，接著像嬰兒般渾身發抖。姊姊看上去還是漂亮得驚人，被夢人當寶貝疼惜的生活，賦予了她如此美貌，我不禁開始想，要是我才是被他們選中的小孩，長大後會變成什麼樣子，這念頭讓我一直慚愧不已。但是就算姊姊的美貌再怎麼驚為天人，不知為何，現在對我來說卻都毫無意義了。我還是很愛她，也永遠不會後悔離家來找她，不管過程中到底付出了多少代價，可是我已經認識了一位朋友，十幾個姊姊加起來都比不過她。

最後，潔妮亞幾乎是怯生生地問我：「妳還想再吃點什麼嗎？妳一定還非常餓。」

「我不覺得餓。」我說：「我一直在東吃一點、西吃一點。謝謝妳帶了那麼多食物來，帶那麼多東西，一定很重吧。」

「不會，我是騎馬來的，我跟妳說過。」我忘了就在傍晚那時候，有馬兒的輕柔嘶鳴聲從附近某處傳來。我幾乎從來沒在那群夢人中看過馬。潔妮亞說：「這裡的馬都是屬於國王的。我帶走了他的馬，他一定會不高興。」

「國王。」我聽起來蠢到不行。「所以夢人們真的有個國王，我之前都不知道。」

「不，妳不可能會知道，因為他住在森林深處，沒有人比他還老，他真的是最老的。我只見過他一次，就是在我……待在這裡的這段期間。」天色幾乎整個暗了下來，我能透過皮膚感受這股黑暗，就像它每晚都會滲入這個國度的所有角落一樣。每天晚上，某個東西都會發出陣陣輕柔的低吟聲。我連那到底是不是鳥叫聲都無法確定，因為沙漠裡幾乎沒有什麼東西可以讓鳥兒落腳休息。不管發出那種聲音的東西究竟是什麼，我從來沒見過它的真面目，但是我們待在那片沙漠的每一晚，都會聽到那個聲音。

我說：「潔妮亞，妳知道自己待在這裡多久了嗎？妳能不能告訴我，自己到底記得哪些事？」

她過了很長一段時間，才開口回答我。我開始慢慢瞭解潔妮亞似乎有兩種聲音，而我還沒辦法猜出她下一刻可能會用哪種聲音來回應。其中一種聲音是那個美麗的陌生人——在我涉水渡過小溪，終於能在她住的這個眼花撩亂世界見到她之前，從來不曉得有這個人的存在。她一邊抱住我，一邊稱讚我，叫我現在必須轉身回家，告訴我們的父母說我沒辦法找到她。

至於另一個聲音……就是那個四歲時離家跑到這個世界的小女孩。雖然她應該要成為這個世界的女王，還能永生不死，現在卻決定像當年離家一樣，跟我和黛胡恩一起離開。這個聲音聽起來就像我一樣非常害怕。我認得出這個聲音。

「我不知道。我不確定，有時候記不太清楚。」她沒有正眼看我，而是斜斜地瞄著我身側。媽媽可能會對我要說的話感到不高興的時候，我就是這樣看向一邊的。她輕聲說：「我那時候四歲。我穿著那件特別的綠洋裝——我的青蛙綠，我都這麼叫它。有一場生日派對，我記得這件事，真的……」我的呼吸完全停止了。「然後派對一直開下去，一直在慶祝，我實在太開心了，因為一切都跟我預料的一樣，永遠持續下去……當我思考為什麼會這樣，但我其實從來都沒有仔細去想……」這時，她確實直視著我，眼神卻很陌生，「就在那個瞬間，我突然不曉得自己在哪裡、自己又是誰，我好害怕，誰也不認識，而且覺得好冷，四周變得好可怕，我好害怕，永遠不會有人來……」

我本來可以做點什麼。我本來可以朝她伸出手，用力把她的頭拉過來靠在我肩上，或是像我晚上每次驚醒後，黛胡恩抱住我那樣抱緊她。可是潔妮亞離我好遠，還因為恐懼渾身僵硬，根本不會注意到我的舉動。這時候，她又變回另一個人了，那個漂亮的潔妮亞，而我不曉得該怎麼辦才好。

「蘇茲。」她緩緩開口，似乎花了很久時間才說出我的名字。「蘇茲，我沒辦法跟妳一起回去妳家。我可以為妳指路，也能帶妳走到那條路，因為妳一個人是絕對找不到的。這件事我辦得到，只要我答應他們會回來，他們就會允許我為妳帶路。妳懂我的意思嗎？」

「不，」我非常大聲地說，「不，我不懂，永遠不會懂！我才不管他們把妳留在這裡多久了，妳也很清楚自己不屬於這個地方。妳還有事瞞著我！妳到底還有什麼事沒告訴我？」

我聽到黛胡恩回來時發出的細小聲響，但是不認為姊姊聽到了。想聽見黛胡恩的各種動靜，就必須豎起耳朵仔細傾聽。

「這片土地——這個世界——這個**地方**就是我的家。」潔妮亞說：「不管妳怎麼看待它，不管妳對我待在這裡是怎麼想的，不管我……不管我到底還記得什麼……」她停頓了一下，但當她再次開口，語氣變得越來越堅定，彷彿下定了決心，「這一切都無所謂了，都不重要了，蘇茲。我愛妳，在見到妳之前，在妳來找我之前，我就很愛妳了，可是這裡才是我的歸屬。不管我最後到底會做出什麼選擇，這裡就是我的歸屬。這就是我知道的一切。」

黛胡恩沒有說半句話。潔妮亞牽起我的手，她的手現在就像她的聲音一樣冰冷。「我答應妳，一定會送妳踏上安全回家的路。那不是我該走的路，再也不是我真正的回家之路了，但是我會帶妳去那裡。我向妳保證，小妹。」

為什麼最後那兩個字落在我皮膚上，感覺是如此刺痛？她不是有意要說出來傷害我，這點我很清楚，比誰都要清楚，但是直到現在，我依然能在耳邊聽到那兩個字。我只回說：「我去哪，我朋友就去哪。」

「我從來沒說不帶她走。」這點倒是千真萬確，潔妮亞始終沒對此表示異議，可是也始終沒正視黛胡恩，一次也沒有。潔妮亞說：「如果妳想要今晚就立刻出發……」

這時，黛胡恩開口了，語氣和她本人一樣平靜無波。「她還不太舒服，我們後天再上路。」

我出聲抗議：「才沒有，我現在隨時都能走。」但連我也對自己的狀況瞭然於心。就算只是走到潔妮亞拴馬的地方，恐怕走到半路我就會倒下去。每當我終於瞭解狀況，就是真的知道了。

黛胡恩還真的在那片光禿禿的沙漠裡，找到長出來的東西。它不是綠色的，看起來像某種從地面冒出來、被燒得脆脆的東西，但還是能吃，算是啦，更何況黛胡恩可是走了大老遠的路才帶回來給我。我把它全吞下去，向黛胡恩道謝，便去睡覺了。

隔天，我也幾乎睡了一整天。我知道潔妮亞叫醒過我一次，哄我吃點她帶來的食物，不過她餵我的時候，我幾乎睡著了。我覺得我睡著後，她坐在那裡看了我很久。

人有時候就是能感覺得出來，我也不曉得為什麼。

那天傍晚，我醒來後感覺好多了，也一如預期餓壞了。沒錯，我做夢了，就像我現在也依然會夢到，那四個在路上給了我教訓的男人，他們會永遠在我的夜晚揮之不去。但事到如今，我對他們再熟悉不過了，而且只要我還活著，那首令人悲傷的小歌曲絕對會是我忘不掉的最後一件事，即使稱不上是朋友，也已經成為我腦中的熟面孔了。他們會以不同的模樣登場，不過我每次都認得出來，所以要應付他們不成問題。到頭來，他們也只是我遇到黛胡恩那一晚的一段經歷而已。

由於那天白天睡太久，我晚上果然睡不太著。潔妮亞則早早就去睡了，急著想為接下來漫長的旅程好好保留體力。她特地在睡前祝我們也都能高興入睡、開心起床。結果，我翻來覆去，中間還不止一次坐了起來，用手環抱膝蓋。黛胡恩閉著眼睛，但我知道她沒睡。

「地平線出現變化了。」我大聲說，「我是說，以前不管白天還是黑夜，從來都看不到地平線。不管朝哪裡看，什麼都沒有，現在地平線卻出現了。」我伸長脖子，想看得更遠。「我搞不懂是怎麼回事，但一定有什麼不一樣了。」

「這都是因為她。」黛胡恩沒有睜開眼睛。「她正在帶我們回家，就像她保證過的，所以這片土地已經開始變得不一樣了。天亮後，妳就曉得了。」

「然後呢？」我原本不知道自己會脫口這麼問，但是疑問就這樣像鮮血般冒出來，「妳覺得她可不可能會再改變心意？」

躺著的時候，其實沒辦法真的聳肩，不過黛胡恩依然像她往常那樣，聳了聳肩回答我。「誰知道呢？我認為她改變心意的次數，遠比她自己知道的還要多。快睡吧，蘇茲。」

「沒辦法。」我咕噥說，「我不睏。」我又躺了回去，側身躺著。「對了，要是她真的一路帶我們回家，妳就得來見見我們的爸媽。這可由不得妳反對，我已經先跟妳說過囉。」

黛胡恩比平常多花了那麼一點時間，才回答我。「我會留下來見見他們。要是我們太晚到的話，也許我會拜託他們讓我過夜。」她輕笑了一聲，感覺更像是一陣小小的微風吹在我臉上。「當然了，前提是他們願意的話。」

「妳可以睡我的床。」我告訴她。突然間，想像這些事感覺真不錯。「然後到了早上，我會幫妳做早餐，在妳……去任何地方，或做任何事之前。我是說，就是不管妳要……不管是要……我的意思是，妳也知道……」

「好。」黛胡恩沒有轉身，不過伸手碰了我的手臂。「妳現在得快點睡，旅程還很漫長呢。」

我終究還是墜入了夢鄉。到了早上，我醒來後，看到了一個不一樣的國度。其實並沒有完全不一樣，因為我知道我們還在同一個地方，腳下依然是同一片冷酷無情的灰白沙漠荒地。不過，現在遠處看得到綠色山丘，我也感覺到附近某個地方有水，正隱約發出嗡嗡聲。有鳥兒從上空飛了過去，不知為何，光是這點就讓一切變得大為不同。在夢人國度裡，鳥兒相當罕見——曾經連續好幾天，我們在整個天空看到的鳥兒不超過兩三隻。我唯一常看到的是某種長得像大雁的鳥，只不過牠們有鷹一般的鳥嘴和爪子，羽毛不是深紅色，就是日落時分才會出現的綠色。牠們既漂亮又莫名令人心生恐懼，世界上有太多事物也都是如此。

沙漠出現變化的第一天，我們便啟程上路：我騎潔妮亞的那匹灰色母馬，黛胡恩和姊姊則跟在旁邊走。我之前抗議說自己感覺好很多了，這的確是事實，可是我仍然吵不過她們兩個人，至少那天只能先乖乖聽話騎馬。我們慢慢進入地勢較為平緩的地區：地勢沒有更高，真的，但看起來更高，因為天空感覺更往下沉，離我更近了。就連動物也出現了，而且不只是鳥兒，還有兔子以及長得像兔子的動物，我也看到很像我們家養的山羊，卻也絕對不是山羊的生物。

樹木幾乎就像我記憶中樹木該有的樣子：又高又細，有如小樹，可是不知為何看起來就是不像小樹。這些樹有著暗銀色的樹幹，而葉子鮮亮的顏色就像我想像中的海洋，當陽光照下來，這些葉子會像藍寶石般閃閃發光。樹幹雖然看起來很漂亮，卻散發出一種臨時趕工出來的怪異氛圍，彷彿是巡迴劇團在村莊表演時架起來的道具，彷彿是為了方便在半夜迅速拆掉，好帶到下一個城鎮。我以前從來沒把樹木想成是這樣的東西。

隨著我們前進，白天開始變涼了一點，不過就算太陽下山，氣溫還是一樣舒適宜人。我們在那片銀樹林紮營，潔妮亞攤開我們的毯子。黛胡恩去覓食，幫我們找晚餐，帶回幾隻類似兔子的生物，以及非常像熟透柿子的水果，但是上面有一層討人厭的皮，要很用力咬下去，才能吃到裡面甜美的果肉，不過這麼費力確實很值得。黛胡恩帶食物回來時，姊姊生起火，我則直接用手從一條混濁的地下河舀了些水。那一晚，我們三人都好好吃了頓晚餐。

白天的時候，我一直都能輕鬆跟上，也對此很驕傲，當然還表現給其他兩人看，不過即使如此，當晚我還是早早就縮在毯子裡。一部分原因就只是我累壞了，但是我也覺得這是個好機會，可以讓黛胡恩和潔妮亞兩人小聲聊一下。我終於接受事實了：我那奇妙的石頭朋友永遠都會是個難解之謎，而且比起相信我自己，我更相信她這個謎樣的人。我爸爸和媽媽只能接受她就是這樣的人了——起碼她住在我們家的那一兩晚必須接受。在那個當下，我真的還不想去思考要怎麼處理這件事。

潔妮亞則完全是另一回事，而我也不得不開始多考慮關於她的事。我**認識**黛胡恩，但從未瞭解她這個人，如同我之前說過的，認識和瞭解就是不一樣。可是我根本不認識姊姊。打從我在十七歲生日那天見到她，甚至在我聽到她的名字或知道任何關於她的事之前，我就愛著她了。但這一切對潔妮亞又代表什麼呢？那對我呢，對我又有何意義？而我這個年輕、孤單、愚蠢的人——非常愚蠢，**愚蠢到家**——置身於這個始終難以搞懂，也永遠不會讓人搞懂的可怕國度，為什麼非得去瞭解究竟什麼是愛呢？

我在半夜某個時候醒過來，看到黛胡恩就睡在我附近。自從我在沙漠餓壞，連她也無法為我找到任何食物或水後，她就開始習慣這麼睡。潔妮亞倒是醒著，在月光下緩慢地來回踱步。她時不時會望向地平線，但是沒有特別朝哪個方向，也不是在期待會看到有東西朝她而來。她就只是站在那裡，自言自語。我聽不到半個字，但看到了她的表情。

我立刻閉上眼睛，不過很確定她知道我還醒著。於是我又立刻翻身，簡直就是在說我醒著。可是潔妮亞沒有開口，也沒有靠近我，只是不再自言自語，然後移動到營火的陰影裡。我本來打算要保持清醒，結果沒想到真的清醒時，天已經亮了。

接下來幾天，情況都差不多。景色不斷發生變化，自從我跨過那條不管現在到底在哪的浮動邊界後，便一直是如此。我堅持其他兩人也要和我騎一樣久的時間，但是大部分的時候，我敦促的對象都是黛胡恩，還試了各種手段，就是要換她騎馬。這表示她用走的時間比較多，因為她就是這樣的人。不過，我繼續堅持她才是那個該騎馬的人，因為我本性就是這樣的人。

我越來越擔心黛胡恩了。不對，**擔心**指的是別的意思，是針對雖然困難但依然可以設法應付的事。我是真心替黛胡恩感到害怕，而且這輩子從來沒這麼無助過。她不管是在走路還是騎馬，都散發出疲倦的氣息，不是來自那個不會受傷或甚至流血，或感到飢餓的石頭身體……而是某個我知道自己永遠無法觸及之處。就算她幾乎不曾在路上絆倒，連現在也走得好好的，就算她坐在馬鞍上從來沒有往前倒，我還是清楚知道她身上出了問題。我願意毫不猶豫就放棄我的靈魂，好換得對此一無所知。眾神啊，如果祢們聽見的話，我現在還是願意拿我的靈魂來交換。

潔妮亞也以她特有的方式察覺到這件事。如果黛胡恩一路上話說得越來越少，姊姊便會在旅途中和我多聊天，幾乎像是要陪伴我。她會走在我旁邊，沿路指著閃閃發光的湖或藍色山坡說：「妳記得它嗎？妳們之前一定是從這邊過來的吧？」或者當某個身體又長又暗、我也形容不了的生物，大步跑過我們行經的道路，朝我們匆匆一瞥，嚇得潔妮亞那匹馬差點衝出去，她會拍著手，興高采烈地大叫說：「噢，蘇茲，太棒了！居然可以看到牠，妳實在太幸運了！我這輩子——」然後，她停頓了好久，才沒什麼說服力地補充說：「嗯，我只看過一隻，可能頂多兩隻吧。牠們真的非常罕見。」接著，她告訴我夢人都怎麼叫它，但是我似乎從來沒把那個名字唸對。

天氣越來越溫暖，太陽出現的時間越來越長，所以只要天還亮著，潔妮亞就會要我們繼續往前走。她是不是正在帶我們去得去的地方，我老早就不再關心了。即便到了現在，我還是看不出來，她到底是決定要一路跟著我回家去，還是在最後一刻掉頭回去那個瞭解她的世界——那個正在等待不老青春女王的神奇國度。不管是那時，還是現在，我都知道夢人一向以他們的方式信守承諾。

現在，黛胡恩更常在睡覺了。不管她白天跟著我們兩人走路或騎馬，看上去有多輕鬆，原本幾乎不需要睡覺，甚至完全不睡覺的她，如今卻越睡越久。我離開去找能放心拴住潔妮亞那匹母馬的地方——無論牠是不是國王的財產，這匹馬骨子裡就是想浪跡天涯。把牠拴好後，我回來蹲在黛胡恩旁邊，正想在不吵醒她的情況下幫她把毯子蓋好，結果就看到了那個小黑人。

他似乎是直接誕生自夜晚的產物，全身由影子構成。上一刻，他還不在那裡，下一刻，他就坐在黛胡恩身旁，靠得很近，幾乎是坐在她肩上，凝視著她睡著的臉龐。我像趕蟲一樣想把他揮走，他卻連理都不理。他的臉看起來像枯葉，嗓音聽起來像起風前的第一聲低語。「走開，孩子。去睡覺。」

「你才走開。」我說：「你不能帶走她，這可是我朋友。」

我害怕嗎？我可不這麼覺得。我不覺得自己有時間害怕。事實上，我還推了他，擠進他和黛胡恩之間。他感覺起來像輕聲細語，像回憶的氣息。我又說了一遍：「她不可以死。你才沒有資格奪走她，因為石頭不會死！」

他轉身直視著我，和他剛才盯著黛胡恩的時候一樣，直直看進我的眼裡。沒錯，**這時候**我開始害怕了，因為那張枯葉臉堆滿了同情。他輕聲說：「孩子……石頭也不會愛人，然而，它們有時卻懂得如何去愛。有時，甚至連石頭……」

無論我聽到什麼、無論我在他臉上看到什麼，我都視而不見、聽而不聞。我只是一直死命地把他推開。「你滾開！你離我朋友遠一點！」

他確實照做了。他從黛胡恩身邊站了起來，睡夢中的黛胡恩卻動也沒動。小黑人鞠了躬，僵硬無比卻鄭重其事，是我看過最奇怪的動作了，接著便對我微微一笑。然後他消失了，只剩下我坐在黛胡恩旁邊，發出連我自己也沒發覺的聲音，直到我感覺姊姊正用手環抱著我。

我停了下來，真的停了。但是，我依然聽得到那個聲音，而且似乎過了好久——

真的是很久——我才意識到發出那個聲音的人是潔妮亞姊姊。她正一邊抱著我，一邊發出那種聲音。然後，我們抱住了彼此。

第十章

麻煩的不是潔妮亞那匹母馬把拴住牠的繩索解開了，畢竟我光靠那些蹄印、被咬掉的葉子、糞便，輕而易舉便能看出牠跑去哪裡，真正麻煩的是，牠不知怎的把那條繩索和一大堆長滿刺的矮樹叢胡亂纏在一起。等我終於解開那一團混亂，把牠牽回營地後，已經快天亮了，黛胡恩也正動身要來找我。而前一晚出現的那個小黑人，就坐在她肩上。

我不知道該怎麼辦。黛胡恩顯然完全沒注意到他的存在，沒感覺到他的重量，甚至沒聽到他的耳語，就和我之前命令小黑人放過她的時候一樣。當黛胡恩看到我牽著母馬回來，有那麼一瞬間，她轉過頭，面向日出。我就是在這時候真的明白了。

小黑人也知道我明白了，因為他在同一瞬間似乎得意洋洋地膨脹起來，變得比我和黛胡恩都還要大，也比姊姊從國王那裡偷來的母馬還大，然後就徹底消失不見，宛如一聲嘆息。我聽到自己開口說：「牠被困在有刺的灌木叢裡了，只是這樣。妳不必特地出來找我啊。」

黛胡恩一如往常面無表情，一臉平靜。「我想說妳可能會需要幫忙，畢竟牠不是一直都那麼溫馴。」

「要是連我都能應付牠了，我敢保證牠肯定是匹溫馴的馬。」我說：「妳睡得好嗎？」黛胡恩點點頭。我看不出有半點跡象，顯示有個可能同情她卻不懷好意的生物，剛剛就無情地坐在她身上，真的完全沒有。

「我們得早點上路。」她說：「我敢肯定妳家現在已經近到妳聞得出來了。」

事實上，我聞不出來。這片屬於夢人的土地變得越來越宜人，甚至說友善也不為過，但不管是以前，還是現在，始終都不是我熟悉的那塊土地。也許等到我們跨過那條分界線，也許到時候會吹起我認得出來的風，空中會飄來我絕不會認錯的氣味，或是出現我熟悉的樹木、房子或聲音。我只是微微一笑，輕輕搖了搖頭。「不，」我說：「不，還沒呢。」

我堅持該輪到黛胡恩騎馬了，潔妮亞也表示同意，雖然黛胡恩像往常一樣反對。

於是，她騎著馬，我和潔妮亞兩人則跟著灰色母馬走，沿路看到新長出來的樹不斷從我們左右兩側竄出來，五顏六色的模樣像極了結婚禮服和捧花。過了一陣子，潔妮亞開始輕輕唱起歌，小聲得幾乎只有她聽得見。

爬上樹木，爬下山坡，
蘋果果醬，蘋果散落，
繞著橡樹，擺動三圈，
早晨音樂，午夜戲言……

我知道這首歌。這是爸爸對我唱過的一首歌。爸爸記得太多像這樣的歌了，每次晚上睡不著就會唱，我就是因為隔著牆聽到他的歌聲，才知道這些歌。我的眼神或表情一定出現了什麼變化，因為潔妮亞沒再唱下去。她說：「怎麼了？」

「什麼都沒變。」我說：「雖然我們四周變得越來越漂亮，但還是同一個地方。黛胡恩認為是妳改變了這一切，但不是妳，對不對？跟我說實話吧。」

姊姊保持沉默。她似乎想用全身來閃避我這個問題，就像從國王那裡偷來的母馬，今早沒心情讓人裝上馬鞍，就左閃右躲一樣。我說：「這一直都是他們做的好事。不管妳想怎麼做，不管妳可能想怎麼做，一直都是他們，是它，那位國王吧，我也不知道。光靠妳自己沒辦法改變任何東西的，妳沒有那種力量。」我不再往前走，而是站在那個美麗的早晨中，一動也不動。「跟我說實話吧，潔妮亞。」

母馬繼續從容前進。黛胡恩從頭到尾都沒有回過頭看，姊姊也一樣。我想像她們就這樣一直往前，始終沒回頭，什麼也沒說，直到我永遠消失在她們的視線之外。在那個瞬間，我腦中響起的竟然是爸爸那首歌，像是咒語般，不斷重複：「**繞著橡樹，擺動三圈……**」就連我也知道橡樹具有神奇力量。

最後，潔妮亞終於對背後的我說：「我帶妳們走的是正確的路，妳得相信我，蘇茲。」

「我相信啊。」我說：「可是這一切肯定不只是正確的路這麼簡單，對不對？」我開始加快腳步，不是為了要趕上她和那匹馬，而是為了確保她能聽見我。我的聲音聽起來不像我，反而像我從未見過的老女人所發出的聲音。「潔妮亞，我是不是忽略了什麼？」

在她前方的黛胡恩突然勒住母馬，停下來說：「今天那麼美好，騎馬太浪費了。」她悄悄滑下馬鞍，動作和小孩一樣優雅。她下馬時，那個小黑人就走在她旁邊。有時候可以清楚看到他，有時候看得不是那麼清楚，只有模糊的輪廓，但是他一定都跟在她身旁。

黛胡恩完全不理他，開始摘起路旁的野花——又是一件我從來沒看過她做的事。她沒在管自己摘的是哪種花或長得如何：有些是這種顏色，有些是那種顏色；有些我認得出來，其他的我從沒見過，沒在這個世界，也沒在我希望自己還記得的那個世界。黛胡恩摘了滿滿兩大把花，然後壓在臉上聞，閉起眼睛，面露微笑，小黑人看著她，也笑了起來。

這時，潔妮亞說：「妳的回家之路就在妳來的那條路盡頭。對每個人來說都不一樣，但是我可以帶妳到屬於妳自己的交叉口……就是妳下定決心要回去的地方，懂了嗎，蘇茲？妳聽懂了嗎？」

我搖搖頭。「不懂，但別擔心，等我到了那裡，自然就會知道了。」黛胡恩正在整理剛才摘的那些花，開心地看著它們，看上去甚至有點傻兮兮，我之前從沒來看過黛胡恩這種樣子。我問姊姊：「等我們找到那個地方，就是我的那個交叉口，妳會跟我一起來嗎？我是說，跟我們一起走？」

趁著我們停下來的這段空檔，母馬開始嚼起牠咬得到的青草。潔妮亞轉身背對我，調整馬鞍墊，接著迅速上馬。我不確定她到底有沒有聽到我的問題，於是又問了一遍。這次，她還是沒回應，我就把沉默當作是她的回答，沒再問下去。我們三人繼續前進。

有時候，我們總共會有四個人。小黑人想來就來，想走就走，偶爾出現的時候，不是走在黛胡恩身邊，就是像個疲憊的小孩坐在她肩上。他始終沒朝我的方向看一眼，不過有時會對黛胡恩說悄悄話。我很偶爾會看到她臉上露出有點不耐煩的表情，不然就是煩躁地搖搖頭，除此之外，她始終沒有回應過小黑人，只是緊握手中的野花不放。那些野花似乎在她的懷裡再次綻放開來，簡直像要伸長去碰觸黛胡恩，要是你能懂我在說什麼的話。我那時候搞不懂就是了。

每當我和黛胡恩交談，她都用短短幾個字回答我，不說多餘的話。要是在很久以前——多久？我在那時候是什麼樣的人？——我是絕對不會想到要詢問她身體狀況好不好，或是她需不需要再騎到馬上。現在，我忍著不問這些問題，只是拿水給她喝，或是給她吃一顆我們剩下為數不多的海味糖果，她對這種點心的喜愛程度不亞於其他食物。到了晚上……晚上我都醒著陪在她身旁。

隨著一天天過去，的確出現了一種變化：我們開始看到越來越多夢人了。自從我在沙漠挨餓太久的那段糟糕經歷以來，我們便沒再看過半個夢人，連潔妮亞來找我們之後也沒有。不過現在卻每天都看到越來越多，通常是在早晨或傍晚，而且幾乎都是從樹上掉下來，讓我們路上有伴。有時候，他們看起來會很像親戚，那些你認識了一輩子的人，只不過他們身上一定有某部分和本人完全不像；其他時候，他們簡直可以說是真正的夢境：我們這些無法無天的旅伴，外表不是漂亮就是可怕，不然就是兩者皆是……具備所有特質，一次全部展現。眾神可以憑祂們意願看是否要原諒我，因為我終於能理解姊姊究竟為什麼不想回家了。我實在無法責怪她。

不過，那個小黑人可不是夢人的一員。不管我有沒有看到，他就是在那裡，而且在我看來，他每天都變得越來越清晰，不是走在黛胡恩身邊，像她獨一無二的旅伴，要不就是坐在她肩上，有如她的主人般。是旅伴也好，是主人也罷，不論小黑人表現出哪種態度，黛胡恩似乎始終都沒看到他，甚至當小黑人在對她說話，聲音清楚得連我都能勉強聽出一兩個字，她也仍然沒感覺。有一次，我聽到他說「**我的理由**」，另一次是「**妳該擔心的是……**」。我到現在依然敢發誓，還有一次是關於什麼「**那隻狗是一起意外……**」那隻狗？他怎麼會跟我的瑪爾卡扯上關係啊？不過黛胡恩還是一如往常，根本沒注意到他。她的注意力完全擺在自己摘的那些永不凋謝的野花上。

到了晚上，不管小黑人有沒有出現在黛胡恩身邊，她都會小心把那些花塞在自己和毯子之間。我會知道這件事，是因為她每次翻來覆去或把毯子踢到一旁後，往往都是我重新幫她蓋好毯子的。為了蓋毯子，我的手有時會輕輕掠過潔妮亞的手，就算我們沒開口表示，也會彼此會心一笑。黛胡恩從來沒被吵醒。

在某個溫暖的夜晚，聞起來有股將要下雨的甜味，我和姊姊一起去散了步。我們沒有事先說好，因為都不想離黛胡恩太遠，但是從頭到尾也沒聊到對於她的種種擔心，或是其他不太安全的敏感話題。我們主要聊的都是關於每日的景色變化，比方說那天就是一大片蜿蜒的荒原，途中不時冒出閃爍著陽光的水池。後來也談到沿路匆匆瞥見了哪些古怪的動植物，有些甚至連潔妮亞都沒看過。「這裡總是這樣。」她輕聲說：

「妳也親眼見識過了。有些東西基本上都沒怎麼變，可是大部分的東西……」她聳了一下右肩，動作和我一模一樣，不過她從未注意到這點，「都會改變。」

然後，我們誰也沒再多說什麼。我不斷回頭看黛胡恩，提防那個小黑人。潔妮亞最後清了清喉嚨說：「我沒有十足的把握，但我想我們明天應該就會抵達那個妳改變心意的地方，就是妳從妳的世界跨入……」她沒把話說完。

「好。」我說。我們繼續散步。

「妳一定會找到回去的路，我保證。」姊姊說：「等妳越過那條邊界，一切就會立刻變得熟悉起來，妳到時候就知道了。」在這個溫暖的夜裡，她爽朗地笑了起來。「噢，親愛的蘇茲，我向妳保證，從那一刻起，妳一定會認出指引妳回家的所有一切，甚至連那條山羊小徑、那座父親老是得修理的風車……」她馬上改口說：「**我們的**爸爸，抱歉。」

「別道歉。」我說：「他後來又蓋了新的風車，有個住在附近的朋友來幫忙蓋的。妳不可能會知道這件事。」

之後，我們什麼也沒說，等到又差不多回到營地附近，我從那裡可以看到睡著的黛胡恩正在翻身，小黑人則忽隱忽現，就像粗製濫造的蠟燭發出的燭光。他看著黛胡恩——還是在照看她？不，我當時沒那麼想。我朝黛胡恩走過去的時候，小黑人迅速消失，害我在那個瞬間以為黛胡恩也會跟著消失不見。

潔妮亞非常輕聲地說：「那座老風車……那些綿羊以前眼角都會出現感染……我記得的事，比我希望記得的事還多啊，蘇茲。」她又叫了一次我的名字，這次幾乎像是在輕柔提問。我轉過身看了她一會兒，但她沒再多說什麼。

隔天早上，周圍的風景又發生了變化：起初是似乎正朝四面八方流動的廣大黑沙地，後來慢慢變成一定是某種叢林的景色。大量的藤蔓厚厚地纏繞在樹上，更在上方交織成一大片綠色天花板，聳立到視線之外。往每個方向望去，都能看到許多像巨大蟻丘的小山，在那之間，我勉強能看出有一條蜿蜒曲折的河流，是雨水的顏色。這時，大部分的夢人都退開了，但是我們依然聽得到他們的聲音從林間傳來，喋喋不休，笑個不停，聽起來就好像還在我們附近。我不知道等我真的找到回家之路後，還會不會再聽到他們的聲音。

這時候，其實該輪到黛胡恩騎馬了，可是每次都越來越難讓她點頭答應，於是潔妮亞騎在前面，我和黛胡恩一起走在她後面。小黑人閃現的瞬間，我在他能飛快跑上黛胡恩的肩膀之前，擋住了他的去路。「看看她！」我開口要求道，「看看她，和我們其他人一樣走了那麼遠的路，從沒生病、從不抱怨，比誰都還強壯！噢，你絕對是搞錯了——她才不屬於你，她永遠不會成為你的，永遠不會！我絕不會讓你奪走她！」我非常努力壓低音量，但是最後那幾個字可能還是不小心吼了出來。真的只有那幾個字而已。

小黑人第二次直視著我，眼神充滿了和先前一樣冷漠到極點的同情。他什麼也沒說，後來也沒再跟我說過半句話，只是舉起手，碰觸我的嘴唇，就那麼短短一剎那，接著再次消失不見。

但是我知道他就在附近，不管我看不看得到，他隨時都在。這次，我講得非常小聲，動著我突然麻掉的嘴唇對他解釋。「不行，你要知道，她得來我家見見我的家人！」那天後來，我的嘴唇都沒有半點感覺。

那天也是漫長的一天。太陽始終沒有真的下山，就只是高掛在天上，但是隨著每小時過去，天空卻感覺似乎正慢慢飄走，不斷變得更高、更蒼白，直到完全不像是真正的天空，更像是在遠方漂浮的泡泡，根本沒和下方任何事物連在一起。我從來沒看過像這樣的日子，即使是在夢人的國度也不曾看過。我覺得這一整天正從四面八方壓迫著我，彷彿隨時都會有壞事發生。我好希望這時候會有暴風雨來襲，或甚至發生真正的地震，雖然我從來沒體驗過，不過就是希望會發生點什麼，好讓這種莫名其妙的感覺快點結束。

黛胡恩終於願意騎馬了，於是我和姊姊並肩而行。到處都看不到長著枯葉臉的小黑人。其實比起他坐在黛胡恩肩上，每次找不到他反而讓我更緊張。黛胡恩現在根本不吃不喝，但是依然緊握著野花，彷彿花香就是她唯一需要的養分。每天早上要叫醒她也越來越困難，不過她一旦醒了，就會表現出一副比我或潔妮亞都還更樂意上路的模樣，而且對中途只不過稍作休息或打盹，始終興趣缺缺。她從頭到尾都沒有對我說半個字。

潔妮亞用只比耳語略大的聲音說：「這裡……幾乎就是這裡了。幾乎是這裡……」

我看不出差別，唯一不同的地方，就是四周終於開始暗了下來。我說：「我到時候會知道嗎？」

「我跟妳說過了，對每個人來說，那個交叉口都不一樣。我從來不知道自己到底是在哪裡跨過了邊界，就像父親說的，是夢人把我帶走了。」她現在是用另一種聲音在說話，那種老是讓她的臉為之一變的聲音，「至於**妳**……妳從來都不留意自己要往哪裡走，只顧著埋頭前進。看吧，我也開始有點瞭解妳了……」

她其實沒有對我微笑，比較像是抿了一下嘴巴。「所以，我只好想像妳當初是怎麼跑來找我的，想像妳會從哪裡開始找，妳可能又會如何去**想**一個從來不認識的人……」然後，她這次**真的**露出笑容了，我沒騙你，在那個瞬間，她又再次變成我的潔妮亞姊姊了。「所以，我稍微猜了猜，也實際到處打聽了一下，現在才能沿著妳來的那條路往回走——我和妳，還有妳的朋友。」

「黛胡恩。」我說：「妳知道她叫什麼。」

「對，當然了。」潔妮亞說：「就是我們三個人。而我們現在就快到目的地了。」她的呼吸變得不穩，緩慢地淺淺吸了一口氣，然後死命盯著我看。「但是在我們繼續往下走之前，在妳繼續走之前，就是現在，妳得先知道幾件事。」

我心不在焉聽著她說話。天空變得越來越暗，只有我們所在的這個地方是例外。

在我們的四周和上空，明亮的光線正在往上升，彷彿是從我們三人身上直接發出的光芒。同時，小黑人仍然不斷在對黛胡恩耳語，一刻也不停地哄騙她、誘惑她，始終不給她機會獨處。事實上，我已經朝小黑人踏出一步，想賞他一巴掌，恨不得直接用手把他從黛胡恩身邊趕走，我已經不想管他到底是**什麼**了。這時，潔妮亞終於引起了我的注意。我轉身面對她，只說出兩個字：「什麼？」

假如哪天我忘了我這一生，忘了曾發生在我身上的每一件事、每個我曾認識的人，也依然會永遠記得潔妮亞當時臉上的表情。我到死都會記得她的臉是怎麼碎裂開來，就像她的聲音，就像我的心，因為我聽到她說：「蘇茲，妳不是我妹妹。」

這我當然知道。打從瑪爾卡在我床上死掉，我卻活得好好的，我就知道了，我和瑪爾卡當初想必是一起出生後，被放入同一個籃子之類的東西裡。我想甚至在看到潔妮亞那親愛卻陌生的臉孔之前，我也早就知道了。即使如此，我還是不想把她講的話聽進去。**就是不要**。永遠不要，就像黛胡恩永遠不會把死亡叔叔在她耳邊的輕聲細語聽進去……就像我接下來也不會去注意那道往上升的光芒，或是留意我體內正在發生的事、內心正在經歷的一切。潔妮亞正在某個地方開口說：「噢，蘇茲啊，我是真心希望……」但是我也不打算聽她接下來要說什麼，永遠不聽，絕對不聽。

然後，夜空裂了開來，就像我一樣。接著國王駕到。

第十一章

他像閃電般現身。他像帶著眼睛的閃電般現身。

不對，那不是我看到的景象，不是全部，絕對不止如此。當時**的確**有閃電，一道巨大的黃白色閃光，只不過不是打在地平線上，而是打在我們附近，近到我知道雷聲不用幾秒就會轟隆作響。結果沒有打雷，反而只出現另一道巨大閃光，照得樹木完全失去色彩，讓一切在那瞬間都變成黑白兩色，甚至連樹枝上的每片葉子、群聚在每根樹枝上的夢人臉孔都難逃一劫。在那個當下，全世界唯一有顏色的地方，就是國王那對閃電眼睛。

不過，我連那對眼睛的顏色都搞錯了，真是抱歉。等我自己的雙眼快要能適應閃光後，看到國王全身散發著微光，似乎把周圍一切都變成如冰一般的顏色。要形容他那對眼睛的顏色根本沒辦法，真要說的話，我覺得不管在任何地方都找不到像那樣的顏色。那絕對無法稱為**白色**，當然也不像水或雪的顏色，也一點不像銀、鋼鐵或任何我見過的其他金屬色。我唯一能想到最接近的顏色就是**冰**，就連用冰來形容也還是不對。它有如死亡般冰冷，飽含歲月，就像國王本人。

他開口時，我根本聽不懂。這不只是因為我不懂他講的每個字，也是因為他注意力全擺在潔妮亞身上，根本沒管其他人。你要是沒有被夢人國王注意到……不知為何，就等於是你這個人不存在了。不對，這不是我想表達的意思，這更像是構成你這個人的其中一整個部分全消失了——這就是我當時的感受。世界上所有人其實都不存在，只有潔妮亞是例外。潔妮亞，她曾經是我的姊姊……

國王對她講的話其實意思很清楚，有沒有說出來都一樣。「**妳不該與這等生物有所牽扯。讓她們自行離去，而妳回來妳所屬之地，回到妳家人身邊。**」

潔妮亞沒有回答他。我不怪她，因為我看到她的表情了。

國王再次對她開口。我說不出來他的聲音到底是不是帶有痛苦，只知道這次聽起來就是有點不一樣。他說：「**妳的家人正在呼喚妳，回家吧。**」然後叫了潔妮亞的名字。

他們為她取了一個特別的名字，就像家人之間會替彼此取小名那樣。我永遠不會知道那到底是什麼，但確實聽到國王用那個名字叫她。你絕對不可能漏聽。

潔妮亞還是沒開口，全身卻顫抖不止。我感覺得到她在發抖，因為我就站在她身旁，也希望她能感覺到我就在她身邊。她微微搖頭……真的輕微得難以察覺，不過國王看出來了。他又說了一遍：「**妳要回家。**」

這句話寫成文字，看起來像一道命令，但光是聽並不像。他正準備要說下去，不過就在此刻，夢人王后從他的影子裡走出來了。

王后的眼睛比國王的要好形容多了。它們像黛胡恩的眼睛一樣偏淡，色澤卻更淺，還帶有某種古怪的氛圍，幾乎可說是疏離，但並不是說在那對眼睛裡感覺不到她這個人——我們家的老公羊奈拉克便有像這樣的眼睛——反而更像是她在一座極為有意思的森林裡迷了路，正在認真思考該怎麼辦。也許我會想擁有像夢人王后那樣的眼睛吧。我也不曉得。

最起碼，我比較容易瞭解她對潔妮亞說的話。這也許只是因為王后是在對女兒說話，而國王是在對子民**下命令**；也許是因為國王像一大片雷雨雲籠罩在潔妮亞上方，而王后現身時，看起來沒有比潔妮亞大或高多少。我也看得出來，她身上沒有散發出什麼閃電般的嚇人氛圍。

她只說了一句：「**我很想妳**。」關於夢人王后，我記得最清楚的就是這件事。

潔妮亞輕聲說：「我也很想妳。」但是她沒有稱對方為**母親**或**王后陛下**，也沒有朝對方踏出半步。

王后說：「可是妳要離開了，而且是和**她們**。」她在說出最後那兩個字之前，就稍微停頓了那麼一下下，但我聽見了。在我聽來，那個停頓就像鐘聲一樣響亮，或是小鐵鎚敲下的聲響。

潔妮亞深吸了一口氣才回答，聲音卻沒有一絲猶豫。「我在很久以前離家，跟著你們來到這裡。我在這裡逗留的期間是段美好的時光，我絕對不會說我後悔這麼做，可是我現在得回家了。我永遠都會感謝你們如此善待我。」說完，她對王后鞠躬，就像一位舉止優雅的小姐，或是一位有身分地位的小姐。

「善待……」這聽起來不算是疑問，但絕對比小鐵鎚的響聲還更嚇人。王后說：「妳不認為自己也許在我們這裡找到了真正的家。」這聽起來依然不太像疑問句，因為她很久以前就知道答案了。甚至可能比潔妮亞還早知道。

國王這時開口了。和之前一樣，我還是聽不懂他在講什麼，但是聽出他的語氣帶有怨恨，清楚得就像我當時聽到那個魚牙齒男孩說：「**早在妳還沒出生以前，她就已經屬於我們了……**」不過王后把他推到一旁。我從來沒想過居然有人敢對夢人國王做這種事。

「我們一直在等妳。」她盡可能努力穩住自己的聲音，可是那些話卻像一頭野獸，在她喉嚨裡拚命掙扎。最後，那頭生物還是掙脫了控制，她激動地大喊：「我們等待的時間，比妳**父母**還要久！」她大聲叫出那兩個字的模樣，逼得我不得不把自己的臉遮起來。「遠比**他們**還要來得久！我們等妳等了好久，真的好久！」

我感覺到潔妮亞在我身邊開始發抖，聲音卻還是像往常一樣平穩。「我這輩子幾乎都和你們住在一起，簡直已經完全不認識那些人了，這點千真萬確。但是蘇茲……蘇茲和她的朋友根本不認識我，卻還是來找我了，因為她知道我的歸屬之處。」我終於有辦法抬起頭的時候，看到她匆匆往前踏出一步，面向離我們不遠的王后。「我不曉得她怎麼會知道，也非常懷疑她本人根本沒意識到。但她就是知道，所以我才要和她一起回家。」潔妮亞臉上正流著淚，不過她始終沒理會。「我非常害怕，無法想像那些陌生人見到我之後會發生什麼事，可是這些都不要緊。我很抱歉。」

夢人王后並沒有哭，但是正當她還想說點什麼的時候，國王打斷了她。而這次，顯然王后無法再和他爭了，誰都看得出來。

「**我們走吧**。」他對妻子說——他是在對妻子說話，而不是王后。「讓她和她選擇的那些傢伙在一起，和她那隻狗，還有她自認是朋友、會走路的雕像……以及她真正的家人。」要是王后的表情還沒令人心碎，國王這番話透露出來的不屑語氣，也一定會傷透人心。我到現在還是希望自己沒有看到那副表情、那種眼神。

「我才不是狗。」我要是真的想讓他們聽到我在說什麼，就必須大聲說出來，因為這件事就和任何事一樣，對我來說至關重要。「我叫蘇茲，這就是我。這是黛胡恩，是我在這整個世界中唯一的朋友。而這個人，是我的潔妮亞姊姊。」我等著他們——還有潔妮亞——反駁我，可是誰也沒出聲。「我們現在要走了，回去我們當初來的地方，無論有沒有獲得你們允許。」

我伸出一隻手，摟住潔妮亞的肩膀，另一隻手環抱黛胡恩，而她轉過頭，用那對淡色眼睛望著我，好像從未見過我似的。我開始帶著兩人離開。

我們挺身面對國王和王后的時候，那些夢人都待在樹上，一不小心就會忘了他們的存在，但就我來看，可以擺脫他們再好不過了。然而，他們現在卻低聲發出哀怨的嗚咽聲，而不是平常那種捉弄人的嘈雜聲，平常那種聲音半是在唱歌，半是在與彼此溝通，也有一部分完全是在嘲弄，是我在這個古怪國度裡，已經開始習慣每天都會聽到的日常噪音。現在這個聲音是一種輕柔卻充滿惡意的嘆息，而且越來越大聲。我本來不認為夢人有辦法發出這種聲音。

國王在我身後大喊：「狗？就是妳這狗！」

我不得不轉過去聽他想說什麼，但只轉了頭，始終沒停下腳步。國王說：「妳不妨和我們一起回去，狗。在那裡等著妳和妳那石頭朋友的生活，比起妳在打算前往的地方以為會過上的生活，還更加值得期待。妳早就曉得這點了，狗。」

我繼續往前走。我感覺不到我的腳，卻依然向前走，潔妮亞也一樣。不可思議的是，在我手臂下努力想轉過身的人卻是黛胡恩。她轉過去的時候氣得要命，我還得使出渾身解數用力抓住她，才能阻止她不要往回走，回應國王剛才那番話。這不是我第一次忘記她到底有多強壯了。夢人的哀號越來越大聲，所以我幾乎沒聽到黛胡恩當時對我說的話。我只聽到一些片段：「他才不懂……他才不曉得妳是誰……」

除此之外，還有其他人也開口了——是王后在我們背後喊了些什麼。不過，她的聲音也一樣被那些萝人傷心的大吵大鬧淹沒了。我就一直這樣努力往前移動，始終沒回頭，同時還盡力不讓黛胡恩回頭。她有一次差點成功從我手中掙脫，但我拉住她了。

接著突然間，一切都不見了，所有聲音都消失了。由於黛胡恩不再掙扎，害我沒站穩，幸好潔妮亞抓住了我，我才沒跌倒。胖嘟嘟的圓月高掛在空中，不知為何感覺起來那就是當時唯一的聲響。

我們三人都知道已經跨過那條邊界了，那條位於兩個世界之間的分界線——大家都心照不宣。在那個腫脹的不祥之月下，我們站了好一陣子，一動也不動，直到黛胡恩緩緩開口說：「這裡……不是妳家，蘇茲。」

她不是在提問。她和王后一樣，早就知道答案了。我搖了搖頭，黛胡恩則點了點頭。「來吧，我會帶妳回家。」

說完，她便動身上路，朝遠離月亮的方向輕快地邁出腳步。潔妮亞立刻加快腳步，趕上我們都十分熟悉的、那種永不疲累又頑強的步伐。但我站在原地一會兒，茫然地回頭望著那個原本是另一個世界的地方。在那裡，我找到了以為是我姊姊的人……也失去了那個我以為是自己的女孩……更找到了我逐漸愛上的那個不可能存在的生物。我呆站在那裡的時間肯定比我認為的還要久，因為等我追上那兩人的時候，太陽已經升到高空了。

當你疲憊不堪，走起路來也歪歪斜斜時，一切都會變得模糊不清，我知道自己就是這樣，所以老實說，我沒辦法確定我們到底是走了兩天，或甚至是三天。我知道我們四周盛開的一切都非常賞心悅目，但不管是哪種景象，看起來都不太像是我熟悉的事物。我聽到水落下的噴濺聲，四面八方也飄來了從地上長出的花草樹木氣味，雖然我一個也認不出來，但這些都讓我感到安心。我非常想找到那種我以前會帶回去給媽媽的野生蘑菇。

某天一大早，在走了幾乎整晚之後，我們紮營安頓下來，然後我和潔妮亞一起去覓食。黛胡恩原本也想來，但我堅持她待著好好休息。打從夢人的國王和王后看到她以來，我就特別擔心她。時不時就出現的小黑人更是毫無幫助。

我回來的時候，懷裡抱滿了野生的洋蔥和蘆筍——要同時煮這兩種食材並不是沒有辦法——黛胡恩卻沒有醒來。

她躺在毯子上，半側著身，睡得十分安穩。她的頭正枕在張開的右手上。我到現在還記得那個畫面，就像我也記得自己不斷拚命用另一個名字叫她。

我不曉得自己坐在那片正在變乾的黎明草地上，讓黛胡恩的頭枕在我腿上究竟過了多久。太陽沒有移動，愜意卻毫無意義的天氣持續不變，而那些在我頭頂一下俯衝一下翱翔的鳥兒，現在是真正的鳥了，即便我連一隻都認不出來。比起前天，到處又冒出更多蒲公英了。

小黑人正坐在黛胡恩身邊，看上去就和她一樣平靜。

黛胡恩在長長的呼吸之間停頓的時間似乎越來越久，不過這有可能只是因為我和她一起呼吸所產生的錯覺。她的呼吸起碼現在還算穩定、有規律，相較之下，更讓我擔心的是那些我無法裝作沒看到的變化，那些正發生在她身上、她體內的變化。

黛胡恩看起來還是她本人，和世上其他人都不一樣：她像一道令人欣慰的奇妙影子，在世界末日的那一晚彎腰看著我，為我清洗全身，盡力洗去發生在我身上的一切痕跡。然而，這個石頭開始隱約透露出衰弱的徵兆了。

我把手貼在她的臉頰和喉嚨上，用手指去感覺她緩慢的呼吸，以及她心臟的遙遠低語。小黑人獨自坐在旁邊，一副事不關己的樣子，好像不管他和黛胡恩之間曾有過什麼對決，早已結束了。我兩度看到黛胡恩的眼皮在抖動，每次我都出聲叫了她的名字，不過她始終沒回應。無論我到底是不是真的看見了那副石頭骨骼在上下起伏，都只感覺得到，在她那肌膚之下，無處不充滿異樣。我不曉得該為她做些什麼才好，只能像她的心臟一樣，不斷低聲呼喚。

潔妮亞來到我身邊坐下後，我才抬起頭。我差點認不出她來，因為在那一刻，她看起來和我第一次在十七歲生日看見她的時候，一樣遙不可及。那時的潔妮亞是一道幻影，出現在高處灰色巨石投下的陰影之中；現在的她隔著我們之間這段距離望著我，眼神充滿疑問。我搖了搖頭，兩人就這樣默不作聲坐在那裡好一陣子，看著黛胡恩呼吸。微風一直吹亂她的頭髮，我不停把那些頭髮往後撫平。

最後，潔妮亞開口說：「好吧、好吧。」她突然起身，對我點了一下頭，於是我也站了起來。潔妮亞說：「父親的那首歌，就是他以前老是唱給我聽的那首歌。妳記得那首嗎？」

我直接唱出前幾句來回答她：「『爬上樹木，爬下山坡……蘋果果醬，蘋果散落……』妳前幾天唱出來的時候，我簡直不敢相信。」

「我還記得的東西並不多。」潔妮亞靜靜地說，「就那首歌……可能還有其他一兩首，我也不確定。」她遲疑了一下，很認真在思考。「噢，還有一個故事——我確實記得那個故事。有個小女孩和獅子……還有隻狐狸，狐狸救了小女孩……？」

我內心莫名一陣刺痛，也因為這股刺痛而覺得羞愧。這是**我的**故事，是我最愛的故事，爸爸居然在我出生以前，就講給姊姊聽過了——而她不是我姊姊，也永遠不會是我姊姊。但我最後只說：「對，我知道那個故事，不過我聽到的版本是貓，一隻黑貓。根據他說的故事，是一隻聰明的黑貓和小女孩。」

「噢，沒錯，當然了。對，就是黑貓。」

我們安靜下來，而我繼續留意黛胡恩的表情。潔妮亞則一直注視著我——我從眼角就能看到。黛胡恩的呼吸聽起來既平靜又遙遠，我搞不懂這為什麼會讓我那麼害怕。我只能不斷努力說出她那奇怪的全名，可是從來沒有唸對。

「那就這樣吧。」這次，潔妮亞說得很小聲。她突然轉過頭去，不再看我，而是面向長著茂密森林的山坡，我那天早上才在那裡看到一對正在狩獵的狐狸。她再次開口唱：

爬上樹木，爬下山坡，
蘋果果醬，蘋果散落，
繞著橡樹，搖擺三圈，
早晨音樂，午夜戲言……

她越唱越大聲，在這段期間，我似乎看到樹枝開始有那麼一點晃動。小黑人坐在黛胡恩旁邊的草地上，眼看就要打起瞌睡了，這時卻冷不防站起來，目不轉睛望著我們三個人：先是看黛胡恩，然後瞥了我一眼……接著幾乎從頭到尾都盯著潔妮亞。這時候，潔妮亞站得抬頭挺胸，歌聲竟然莫名與風聲合而為一了。她全心全意唱著：

爬上樹木，爬下山坡，

蘋果果醬，蘋果散落，
繞著橡樹，搖擺三圈，
早晨音樂，午夜戲言……

結果，那些樹上的樹枝還真的一個接一個開始越搖越劇烈，到最後，所有樹枝都在晃動，樹葉互相摩擦，沙沙作響，彷彿樹上住著某個吵鬧的龐大生物。我先前只顧著關心黛胡恩正變得更慢的緩慢呼吸，根本沒空去管四周有什麼，因此這是我第一次注意到，那片山坡上的樹全是橡樹。

潔妮亞始終沒有轉過來面對我們，連匆匆朝我看一眼也沒有。她就這樣直接走過去，不慌不忙地開始繞起最大棵的橡樹。樹幹本身確實相當粗壯，結果她還刻意花了更久的時間慢慢走。走到另一頭的時候，潔妮亞還真的消失了一陣子，也和剛才一樣，消失的時間比我預料的還要久，等她再次現身，臉孔看起來比她消失在樹幹後面之前還要老。小黑人沒放過潔妮亞繞著橡樹走完第一圈的每一步。光是一圈，就花了她好長一段時間。

繞第二圈的時候，潔妮亞差點沒成功。她走起路來搖搖晃晃，步履蹣跚，我還聽得到她一路都上氣不接下氣……但是她不知怎的仍然堅持走下去。就在潔妮亞要走到我們這裡的時候，突然雙腿一軟，眼看就要倒在我身邊了，幸好我伸手在半空中接住了她。潔妮亞完全說不了話，全身力氣都用在呼吸上，我不曉得自己該怎麼做，只能不斷揉著她的肩膀。橡樹葉正猛烈晃動，怒氣衝衝。這時，小黑人早就站了起來，碎葉臉顯然十分惱怒。黛胡恩眼皮在顫抖，努力想睜開眼睛。

等潔妮亞終於能開口了，彷彿已經過了好長一段時間。她的聲音聽起來一清二楚，卻抖得很嚴重，我得湊近才能聽見，因為樹枝還在搖來晃去。「我很抱歉……真的很抱歉……」

「妳在說什麼啊？」我質問說，「妳已經盡力照著兒歌唱的去做了，還能期待什麼？反正這哪有什麼意義啊？」

潔妮亞還在喘氣，一邊搖頭。「不，不對，這是我的錯。我知道該做什麼，卻辦不到，因為我不夠強大，我還以為自己可以，還很有把握……噢，蘇茲……！」

她開始哭了起來，哭得和我爸爸一模一樣：不發出半點聲音，眼裡沒有淚水，身體不停顫抖，就像那些長在無風山坡上的橡樹樹枝。我抱住她，動作和之前一樣笨手笨腳，想表現出感同身受的樣子，卻完全不曉得她在難過什麼。從某方面來看，這有點像以前黛胡恩抱著我。

最後，潔妮亞終於有辦法開口說：「蘇茲，妳必須理解，對妳來說，沒有別條路可回家了。」我感覺到自己的臉色瞬間徹底變冷，她肯定也看見了，於是立刻補充說：「我的意思是，對我們所有人來說，妳和她——黛胡恩——當然還有我，都是如此。國王就算想這麼做，也沒辦法命令我們回頭跨過他們那條邊界，但他可以讓我們迷失在這個……這個**中間**地帶，他高興要逼我們待多久都行。」她重重地吸了一口氣，才繼續說下去：「這都是因為我的關係，跟別人無關。我才是冒犯他的那個人。」

我目不轉睛看著她。潔妮亞說：「國王和王后沒有小孩。他們整個國度簡直就和妳想像的一樣無邊無際，妳在那裡有看到任何小孩嗎？」她的語氣充滿好奇，好像她真的想知道答案。

我說：「我不確定，年齡在那裡都被打亂了。」潔妮亞勉強笑了一下，點頭示意我繼續說。「我是說，我看過長得遠比我還年輕的夢人，可是很清楚他們一定沒有比我小。還有其他人年紀看起來可能和妳一樣大，也可能更老一點，但我說不準。」我是在說話，不過語速比我原本打算的還要慢。「仔細想想，我連自己到底待在那個地方多久了也說不準。」

潔妮亞的眼睛依然緊盯著我，努力想讓我看出我知道自己不想去理解的事。要是有辦法的話，我早就閉上眼睛了。

潔妮亞漠然地說：「他們從凡人身邊偷走的小孩都沒辦法活下來。沒人曉得原因，連國王也不明白，但他們就是沒有半個人活下來。有些小孩確實活得比較久——我就知道早在我之前，有個和他們一起離開的男孩。他們都是這麼形容那件事，都說成是**離開**……可是他最後也死了，就像其他小孩。向來都是這樣，沒有例外，蘇茲。」

「但不包括妳！」我沒有提高音量，但很接近了，「妳本來要成為那個特別的孩子！他們承諾要讓妳永生不死，就像他們那樣！他們說過的！」我發現自己正在為姊姊抱不平，即便她並不是我姊姊，還真是怪啊。「他們保證過的，妳告訴過我……妳卻決定……選擇和我們一起回家，到頭來還是決定這麼做！我不……」

潔妮亞沒讓我說下去，我會永遠感激她在這個時間點打斷了我。她對我露出笑容，我毫不懷疑，不管我是什麼……不管我本來到底是什麼……從來不曾有人這樣全心全意對我微笑。我父母沒有，甚至連莫麗或里爾國王也沒有……只有潔妮亞，而對我來說，她還遠遠稱不上是瑪爾卡那樣重要的家人。就只有潔妮亞對我笑得如此……潔妮亞和我的石頭朋友，後者正躺在我腳邊，奄奄一息，向來不怎麼愛笑。

潔妮亞一臉平靜，表情堅決，但聲音聽起來在害怕，正發著抖。她說：「除了家以外，我還能死在哪裡呢？就算我不怎麼記得那個家，或是我的爸爸和媽媽，更別說是妳了，親愛的蘇茲——但是除了家以外，難道還有其他地方嗎？」她發出顫抖的笑聲，一邊攤開雙手，一邊看著我。「而**妳**……妳實在有夠頑固，腦袋簡直跟岩石一樣不知變通，什麼都不留意聽，甚至連我說的話也是——妳就這樣一直**前進**，前來找我，不管我躲在什麼地方……」

還好我沒專心在聽，因為我很確定自己會像她說的那樣，一不小心就和往常一樣不好好聽話，然後覺得自己是全世界最白痴的人。即使到了現在，我還是很容易變成這樣。當時，我真正在留意的事，就是我們唱了爸爸那首又短又蠢的睡前歌，卻什麼也沒改變。橡樹葉依然沙沙響個不停，彷彿就要發生大事了，卻根本沒發生什麼事。

爬上樹木，爬下山坡，

蘋果果醬，蘋果散落……

好吧，第一句可能或多或少是某種指示，不過第二句我絕對知道是在指什麼。那是爸爸老愛拿出來講的趣事：有一次，媽媽花了整個下午把當季剩餘的蘋果煮成果醬，結果爸爸匆匆穿越廚房的時候，竟然撞倒了爐火上的鍋子，徹底毀了整鍋果醬。這起意外成了誰都會永遠記得的那種家族故事，雖然我當時還沒出生，卻因為故事後來被他編成了睡前唱的兒歌，所以也耳熟能詳。

繞著橡樹，搖擺三圈……

大家都知道橡樹具有神奇力量，我已經說過了。連潔妮亞都得使出全身力氣，才能繞著那個山坡上最大的一棵橡樹走完一圈，結果卻根本沒有什麼差別。不過，要是所謂的差別是在於**搖擺**這個詞……

「搖擺。」我聽見自己大聲說，「潔妮亞，妳是繞著樹**走**，但那首歌說要**搖擺**。要是妳剛才繞圈走，其實走得不夠快呢？」

我還記得她當時的表情和站著的姿勢，她眼睛直盯著我，困惑地不斷眨啊眨。「但那只是一首兒歌啊！還有最後一句——**早晨音樂，午夜戲言**？那可是整首歌聽起來最蠢的地方了！」

「除非是為了要和上一句押韻，大家總是這麼做的啊，只要找到有押韻的字就塞進去，根本不管適不適合。」我自己就編過好幾首像這樣東拼西湊的小歌謠，但是不打算告訴她。我反而用雙手抓住她的肩膀，一邊搖晃她一邊告訴她，我剛才突然領悟到這些文字背後真正隱含的意義。「兒歌根本從來就不是什麼蠢歌。它有時可以是某種咒語，可以帶我們回家的地圖，但要是我們不完完全全按照所有的指示去做，就發揮不了作用。」這時候的我激動地上氣不接下氣，幾乎很難把這些話講清楚。「聽著，潔妮亞，這真的非常重要，妳必須繞那棵橡樹三次——不能只有兩次，妳很清楚這點。而且妳必須在那些樹周圍**搖擺**，類似這樣……」

我盡可能示範給她看，而她繼續盯著我，不過開始點頭表示瞭解了。我說：「潔妮亞，我從來不曉得自己哪時候是對的，可是這次我真的曉得——就這一次，我有把握！」

但是她根本辦不到。當這些話還正在從我嘴裡冒出來的時候，我就知道了。潔妮亞還沒辦法好好站穩，更別說去挑戰那些怒氣衝衝的橡樹了。我很害怕在遠處那些樹葉下等著的究竟會是什麼，也很害怕留下黛胡恩與小黑人獨處，他正在等黛胡恩嚥下最後一口氣。最重要的是，我很害怕當黛胡恩終於睜開眼睛時，卻發現我不見了。不過，要是我想帶我們所有人回家，顯然已經別無選擇了。事實證明，打從一開始，選擇就只有一個。

我彎下腰，湊近黛胡恩的臉，那個小黑人才不會聽到我說的話。「我得走了，得去解決某件事，但不會太久。妳要等我——我很快就回來。」我還想再多說些什麼，卻不曉得該怎麼開口。「沒有我，妳哪裡都不准去。」然後，我站了起來。

小黑人試圖擋住我的去路，但是我直接繞過他，彷彿他只是另一棵樹。他沒有再繼續阻止我，不過口中念念有詞，而我根本懶得去聽。我一點都不關心他。我深深吸了一口氣，喃喃自語，接著跑了起來。

不對，說跑其實並不正確，這有點難解釋。我不知道自己是怎麼領悟出來的，但不知為何就是知道繞著橡樹**搖擺**，不完全是指用跑的。**搖擺**是某種介於真正跑起來和走得飛快之間的動作，而且比起速度，更注重整體的律動。你必須在身體裡、在臀部與膝蓋中感受到那股律動，這種動作永遠學不來，也沒辦法找人來教。

我覺得自己開始繞橡樹的時候，想起的是黛胡恩的移動方式，可是她的動作做起來感覺也不對。最後，我只能面對自己即將挑戰的那棵橡樹，內心短暫地稍微鼓起勇氣，接著開始搖擺。

第一圈繞起來相當輕鬆。葉子一直掠過我的臉，但除了葉子之外，似乎沒有其他東西想扯我的後腿。我保持著平穩自在的節奏繞圈，所以身體每次快要碰到那個粗壯的樹幹時，都能及時順利輕鬆閃過，繼續前進。我已經盡力形容整個過程了，不過這真的是我有生以來第一次，很清楚自己到底在做什麼。我有生以來第一次那麼相信……自己。

但是到了第二圈……

即便我已經知道潔妮亞剛才繞樹走一圈的過程都經歷了什麼，也沒辦法讓我對接下來發生的事有所準備。要不是我邊繞樹邊持續搖擺，每次快碰到樹幹時就迅速用指關節擦過，我可不認為自己能表現得像潔妮亞剛才那麼好。這次，我的搖擺律動時不時被打斷，原因不是猛力打在我臉上的葉子，毫不間斷到足以留下瘀青；也完全不是那些半埋在地上的橡實，害我差點摔倒；更不是那些還長了樹瘤的扭曲樹根，它們明明之前根本不存在，現在卻拱了起來，恨不得絆住我的腳……真正的原因是那些聲音，我聽不太出來究竟是什麼聲音，只知道是從頭頂那些樹葉間傳來的竊竊私語，不是嘰嘰喳喳，就是低聲咆哮，語氣充滿了貪婪與渴望——我唯一能做的，就只是盡可能努力不去聽。一開始，我很怕聲音來源可能是一種邪惡的紅頭小生物，爸爸以前跟我說過，牠們會寄生在非常古老的橡樹上。可是這些聲音聽起來不一樣，帶有不一樣的惡意……

妳得繼續繞下去，要是停下來喘口氣，就算只有一分鐘也會完蛋。我搞不懂自己為什麼會知道這件事，但就是知道。

我氣喘吁吁開始沿著橡樹繞起第三圈的時候，勉強匆匆朝黛胡恩和潔妮亞的方向看了一下。葉子不斷猛烈朝我臉上襲來，讓我根本沒辦法再多看她們兩人一眼，所以我只瞄到黛胡恩正要坐起來，而潔妮亞彎下腰，摟住她的肩膀，想撐住她。接著，她們的身影消失了，一切都消失了，只剩下那些聲音和那一陣風。也有可能那些聲音**就是那陣風**。

我每踏出一步，這股強風便用力把我往後推，硬是要吹倒我，大大小小的樹枝全都劈啪作響，無不等著我跌倒，**但是我絕不能倒下去，絕對絕對絕對不可以**，這一切都是因我而起，因為我的愚蠢行為才變成現在這種情況，我想起這輩子做過的每一件蠢事：不論是我才發現自己可以在溪裡游泳，就立刻跳下去，搞得瑪爾卡得來救我，害牠差點溺死；還是為了逃離爸爸，結果卻一路跑向那些男人，那四個我得不讓自己去想的男人，可是那時候，已經沒有瑪爾卡能救我了。**絕對絕對不可以跌倒**，反正我終究只是一隻狗，就像瑪爾卡一樣，是一隻裝在籃子裡的狗，**絕不能讓這陣風得逞，我要是跌倒就完了**，每一件蠢事、**每一個愚蠢到不行的我**，可憐的石頭人黛胡恩原本只是在尋找死亡叔叔，卻永遠離不開這個**愚蠢到不行的我**……

然後，所有強風全消失了，而我當然是立刻直接往前一摔，鼻子砰地猛撞在地上。

等我終於坐起來的時候，才發現已經到家了。

我們回家了。

第十二章

那個小黑人可一點也不開心。

他像往常一樣坐在黛胡恩肩上，仍然在她耳邊低聲咕噥說著各種話，可是黛胡恩根本沒理他，彷彿他連一隻蟲子都不如。沒錯，她也許偶爾會稍微偏離一下道路，走起路來卻沒有搖搖晃晃，完全沒有。她一路抬頭挺胸，淡色眼睛清澈明亮，我緊挨著她，卻沒有近到會覺得是貼在她身上。潔妮亞默默走在她另一側，以防萬一她絆倒。就像黛胡恩之前答應我的：她要和我們回家了。

無論死亡叔叔再怎麼努力，黛胡恩恐怕都很難聽到他在說什麼了，因為我正對她講個不停，簡直像你所見過情緒最激動的夢人了。「看啊，黛胡恩，**快看**，那棵樹就是狐狸一家每次過冬的地方！**噢，那裡**就是我跟妳說過發生大火的地方，那棟房子差點整個燒掉……還有那些大岩石，威爾弗以前都賭我不敢爬到最頂端，但我贏過他一次，卻把腳摔斷了……」一切全在這裡，和我記憶中的一切一模一樣。我話匣子一開，就停不下來了，因為我得讓黛胡恩知道所有的事，而且是一口氣知道全部。「還有在那邊，我們就是在那裡趁鐵匠的兒子們來拜訪表親的時候，和他們打了一場泥巴大戰，結果媽媽氣得要命……要是妳能看到很遠很遠的那邊，就是那片陰影，那裡就是午林了，有隻獅鷲獸曾經……」我喋喋不休地講啊講，完全就像夢人。

雖然我嘴巴沒停下來，還是朝潔妮亞偷瞄了幾眼，因為就算她不是我的姊姊，也依然是家裡真正的女兒。然而，她卻錯過了幾乎是所有我經歷過的童年時光，我不由得為她感到難過，也很內疚，彷彿以某種角度來說，是我從她身上偷走了這些回憶。這根本一點道理也沒有，可是到底又有什麼是有道理的呢？潔妮亞朝四面八方望去，目不轉睛地看著眼前的一切：春天才剛誕生的小羊遍布整個原野，連我也還沒看過牠們；禿鼻鴉一臉疲倦，又築了一個吵吵鬧鬧的新巢；山坡上有片草地，我們每個冬季都把綿羊趕去那裡吃草，只有野狼從北方來襲的那個糟糕冬天是例外。我是真心想告訴潔妮亞關於我家——我們家——的事，就像我現在正忙著告訴黛胡恩關於這裡的一切，只不過黛胡恩沒有時間知道所有的事了。所以我才急成這樣，我當然急得要命，怎麼可能不急呢？

在最後這段日子，黛胡恩終於變成她原本純粹的模樣了。這時候，幾乎所有人類的外觀特徵都從她身上悄悄褪去，但不是像蛇脫皮那樣，比較像是動物在冬眠期間徹底改頭換面，等春天來臨，現身的就會是和冬眠之前長得截然不同的動物。就像蝴蝶般。就像我朋友——我的黛胡恩。

她的雙眼一如往常，看到所見的一切，卻沒有透露出什麼情緒。除此之外……除此之外，好吧，要是你不認識她，就不可能看出她誰也不是，就是她自己。她身上依然穿著那件破爛的舊農夫罩衫，看上去有點蠢，甚至有些滑稽，因為她那一身石頭皮膚讓她美到不行，比我有生以來看到的任何人都還要美，將來也不會再看到這麼美的人了。

黛胡恩像陽光照射下的夏日流水般移動，很清楚自己要去哪裡，也待在她應該要在的地方，就是我身邊。我伸手去牽她，她那歷經滄桑的粗糙手指摩擦著我的手，我使出全身的力氣緊緊握住。

即使如此，她還是死了。黛胡恩轉向我，漂亮無比的石頭臉龐露出有點吃驚的表情說：「**看吧**……我就說我會帶妳回家吧，蘇茲。」她說得沒錯，她的確做到了。爸爸和媽媽正朝著我們飛奔過來，途中不時差點跌倒，而在他們身後，在經歷這一切之後，那棟房子看起來還真的是好小啊。黛胡恩低聲說：「現在回家去吧，蘇茲。」接著，她放開了我的手。

她在最後一刻變得好沉重。她倒下去的時候，落地的聲響令整個世界為之一震。

小黑人站到她的遺體上時，我想誰都沒注意到。我闔上黛胡恩的雙眼，輕輕撫摸她的臉龐，在她額頭笨拙地吻了一下時，小黑人都沒有阻止我，也沒有露出之前那種嘲弄的表情。黛胡恩起身的時候，以那靈體起身的時候是如此悄聲無息，恐怕除了我，誰都完全沒注意到。好吧，**小黑人**有，當然了，不過他剛才也確實耐心等我了。

就像往常一樣，我錯過了很多事，因為我眼睛一直眨個不停。我記得爸爸緊緊抱住潔妮亞，彷彿她可能隨時會死，媽媽則和我一起跪在黛胡恩的遺體旁，放聲哭喊，因為悲痛萬分，也因為滿懷感激。就在這時候，媽媽轉過身來，久久望著我的臉。我想不起來她說了些什麼，只記得「我才不管妳到底是什麼，妳就是我的孩子，聽到了嗎？」

說完，她環抱住我。我越過她的肩膀，看到小黑人站在這條路遠遠那一端，黛胡恩就在他旁邊，依然在往回看。我朝她伸出手，對她說了我以前對她說過的話……然後，那些不可思議的陌生話語不知從哪在我腦中冒了出來：「**願妳的道路充滿陽光……**」我也一字不差地說了出來，並看到她對我微微一笑，她真的笑了……

接著，他們一起消失不見了，但有那麼一瞬間，我曉得自己看到了夢人王后，獨自一人站在同一條路上，用那對失落的奇妙眼睛望著潔妮亞，不過潔妮亞卻始終沒看到她，因為她正被爸爸緊緊抱在懷裡。然後，她也消失不見了，他們全都消失得無影無蹤。最後，我們四個人一起回家。

那天晚上，我還是把夢人王后出現的事告訴了潔妮亞，因為這並不是無關緊要的事。因為你沒辦法忘記那些永遠改變了自己的人，就算你假裝忘了他們，那些人也始終不會忘記你。他們永遠與你擁有羈絆。不管他們是什麼、身在何方，又究竟是誰。噢，無論是誰都是如此。

致謝

我足以稱兄道弟的朋友不多也不少，但真正能稱為一輩子摯友的卻屈指可數。所謂的朋友，就我所知，是當你必須立刻確認有某個確實瞭解你的人，而且無論如何都依然愛你，在凌晨兩點可以打電話的對象。而名列我這份友人候選清單的人包括……

凱瑟琳．杭特（Kathleen Hunt）是我的律師，也是我相當珍視的親友，更是我的忠實支持者，持續築起撫慰我心的堡壘，對抗我在大半夜不斷冒出的擔心，因為我深怕不論自己在做什麼，可能都不記得以前是如何輕而易舉做到的……

黛博拉．葛拉畢恩（Deborah Grabien）從以前到現在都能對正確的用詞、片語、敘述、劇情轉折，或讓角色出現在分毫不差的正確之處，提出正確到令人火大的指摘，就連在我希望她錯了的時候也正確無誤……

潔西卡．偉德（Jessica Wade）是本書的編輯，年紀輕輕卻展現出超齡聰慧……

以及霍華德・莫海姆（Howard Morhaim），他是我的作家經紀人，亦是我在步入耄耋之年才姍姍來遲的奇蹟巧遇。讓我大為驚嘆的是，霍華德竟然不只搞定了各種大小事，還簽下了難以置信的驚人合約。假如他其實是和撒旦本人簽訂契約的話，我就只能想方設法贖回他了。我相信換作是他，也一定會為我赴湯蹈火。

主要名詞對照表

Amalthea	阿茉曦亞
Aunt Zerelda	琪瑞妲阿姨
Captain Cully	首領老哥
Catania	卡譚雅
Douros	多羅斯
Durli Hills	達里山
Felicitas	費莉西塔
Griffin	獅鷹獸
Hagsgate	巫門鎮
Jehane	潔安
Jenia	潔妮亞
Kadri	卡德里
King Lír	里爾國王
Laadriak	拉德亞克
Lisene	黎莎娜
Little dark man	小黑人
Louli	羅里
Malka	瑪爾卡
Midwood	午林
Molly Grue	莫麗・格魯
Nikos	尼可斯
Ogre	食人巨魔
Pooka	小魔怪
Schmendrick	史蒙客
Simon and Elsie	賽門與愛希
Sooz	蘇茲
Sophia	蘇菲雅
The Dreamie	夢人
The Good Folk	善心族
The Others	他者
Troll	巨怪
Ulfi	烏菲
Uncle Ambrose	安伯斯叔叔
Wilfrid	威爾弗

彼得・畢格作品

最後的獨角獸

* 1987年，科幻/奇幻權威雜誌《軌跡》讀者票選「史上最偉大的奇幻小說」Top5
* 亞馬遜網站票選「一生必讀的100本科幻和奇幻小說」
* 「美國國家公共廣播電臺」票選百大科奇幻小說
* 《時代》雜誌票選百大奇幻好書

這是獨角獸的冒險，也是獻給每個純真心靈的蛻變之書。

相信自己確實擁有力量，就是魔法。

你就是那世上獨一無二、最美麗的獨角獸

彼得・畢格——和托爾金齊名的當代奇幻小說大師

暢銷55年的傳奇經典

她是神話、是記憶、是難以捉摸的願望、是飄渺無蹤的幽影，
她永生不死，具有魔法，是全世界最美麗的生物。

為了尋找同類，她跟隨蝴蝶的指引，解開貓咪的謎語
鼓起勇氣對抗內心的恐懼，終於再度找回自己。
最後發現比永生不死更有價值的東西……

旅店主人之歌

* 《紐約時報》年度好書
* 「世界奇幻文學獎」和「創神奇幻文學獎」入圍
* 「軌跡獎」年度最佳奇幻小說

繼《最後的獨角獸》之後集生涯大成之作

偉大的巫師，竟淪落至生死混沌之境——

三個女人為了救他，風塵僕僕而來，

沒想到那些她們逃不開的過去，也將在此做出了結……

誓言拯救魔法導師的弟子，將靈魂遺落在河裡的少女、
躲避刺客的武裝修女，會化成人形的狐狸、
渴望超越師傅的門徒，遭到徒弟追殺的偉大巫師……
一間匯聚各方人馬的旅店
一場跨過時間、超越生死的魔法奇遇。

回家之路
The Way Home

作　　者　彼得・畢格（Peter S. Beagle）
譯　　者　王儀筠
封面插畫　Agathe Xu
封面設計　遍路文化視覺設計部
內文排版　高巧怡
行銷企畫　蕭浩仰、江紫涓
行銷統籌　駱漢琦
業務發行　邱紹溢
營運顧問　郭其彬
責任編輯　吳佳珍
總 編 輯　李亞南
出　　版　漫遊者文化事業股份有限公司
地　　址　台北市105松山區復興北路331號4樓
電　　話　（02）27152022
傳　　真　（02）27152021
服務信箱　service@azothbooks.com
營運統籌　大雁文化事業股份有限公司
地　　址　台北市105松山區復興北路333號11樓之4
劃撥帳號　50022001
戶　　名　漫遊者文化事業股份有限公司
初　　版　2023年08月
定　　價　新台幣360元
I S B N　978-986-489-834-3

國家圖書館出版品預行編目(CIP)資料

回家之路/ 彼得・畢格（Peter S. Beagle）著；王儀筠譯. -- 初版. -- 臺北市：漫遊者文化事業股份有限公司, 2023.08
256面；14.8×21公分
譯自：The Way Home
ISBN 978-986-489-834-3(平裝)

874.57　　112011012